鳥川さいか
Illustration
シロガネヒナ
HONEY
×
KUZU
くずクマさんとハチミツJK

天海桜《あまみ・さくら》
秘密:ハチミツの汗をかく
ペット
ベア君は相当暇な人なのですね。
いえ、間違えました。
相当暇な変態なのですね。
気になる……
鈴木麗奈《すずき・れな》
秘密:マタギの孫
私は狩りガール、
最近流行の狩りガール
なのであるぞ!

阿部久真《あべ・きゅうま》
秘密:興奮するとクマになる
最高級ハチミツ
生命の危機
聞いてくれ。俺は(天海のハチミツと)離れたくないんだ。
クマさん!?
調査対象
ついてこないで! 気安く名前で呼ばないでよヘンタイ!
天海楓《あまみ・かえで》
秘密:???

「んうっ……ひっやぁっ!」
天海がくすぐったそうに身をよじった。
もっとだ……このハチミツをもっと味わいたい!

「さあ、舐めて!」
汗だくで息を荒くして部屋に入ってきたのは、
どう見ても美少女の皮を被った変態だった。

くずクマさんとハチミツJK

烏川さいか

MF文庫J

イラスト●シロガネヒナ

プロローグ

ハチミツについてご存じだろうか。

甘くてねっとりとした、ミツバチによって作られる蜜。

詳しく説明するならば、ハチミツは約80パーセントの糖分と約20パーセントの水分で構成され、わずかにビタミンやミネラル類も含む。花の蜜にミツバチの唾液が混ざったり、水分が蒸散したりしてできあがっていくらしい。

このようなことまで知っている人がいたら、よほどの物知りか雑学好き、あるいはハチミツ大好きなハチミツマニアに違いない。もし後者だとしたら、ぜひとも今度お茶でもしたい。ハチミツトークだけで二時間は語り合える自信がある！

しかし、残念ながら、ハチミツについてそこまで知っている人はほとんどいない。それが普通である。だが、ハチミツについて詳しくなくとも、ハチミツが人間から発生しないということだけは、誰もが分かっている不変の真理であると思う。

……そう、不変の真理であったはずだ。

川と住宅地に挟まれた堤防道。時刻は午後五時を過ぎたあたりだろうか。少し離れたところに見える山に陽《ひ》が沈もうとし、空と川が茜色《あかねいろ》に染まっていた。

俺《おれ》は、ハチミツについての情報サイトを表示するスマートフォンから、正面に立つ少女に顔を上げた。

「……もう一度確認するぞ。どういうわけか、どうしてか、お前からは汗としてハチミツが出てくるんだな？」

彼女は不機嫌そうに頬《ほお》を膨らませた。

「ですから、さっきもハチミツの汗をかく体質だと言いましたし、しっかりと確認したではないですか――私のことを舐《な》めて」

「みっ、妙に強調した言い方はやめてほしいぜ、天海《あまみ》」

おかげで嫌な汗をかいてしまった。俺が袖で額を拭《ぬぐ》っている様子を見て、夕焼けに照らされた目の前の少女はわずかに微笑《ほほえ》んだ。

俺と同じ日夏《ひなつ》高校の制服を着たその少女の名前は、天海桜《さくら》。ぱっちりと大きな瞳《ひとみ》やすっと通った鼻、小振りながらもふっくらした唇《くちびる》が魅力的な、静かで可憐《かれん》な雰囲気の女の子だ。銀色のロングヘアや、透けてしまいそうなほど白い肌は、今は赤い西日のせいで、その髪は金色に、頬は桃色に染まっているように見える。背は俺より頭一つ分小さいくらいだから、高校一年の女子の平均くらいだろうか。ウエストが引き締まっているせいで、胸が強調されて大きく見える。そんな容姿のこともあり、学校では美少女の誉《ほま》れ高い。

「それで、あなた」

天海に呼ばれた。俺には一応、阿部久真《あべきゆうま》という名前があるのだが、まあいい。俺が目を合わせることで応えると、彼女は小さな眉間《みけん》に皺《しわ》を寄せて訊《き》いてきた。

「さっきのは何ですか？　全体的に……何と言うのか、獣っぽくなっていました。あなたも普通の人間ではないのですね？」

「ああ、まあ……な」

約二十分前、俺はほぼ獣の姿をしていた。骨格こそ人間だが、獣毛を纏《まと》い、爪《つめ》や牙《きば》が生えた、獣人である。

獣人に変身してしまうには、ある一つの食べ物が原因となる。それは俺の大好物で、見るだけでもよだれが止まらなくなるのだが……おっと、そういえば、その食べ物を体から出すやつがすぐそこにいたな。

「……なんだか、いやらしい目で見られている気がします……」

天海が黒目がちの瞳を歪《ゆが》めて、軽蔑の眼差《まなざ》しを向けてきた。

「とりあえず110番してもいいでしょうか？」

「待ってください天海さん！　まだ何もやってないじゃないか！」

「舐《な》められました。ベロベロと」

「ほんとにそれはわるぅござんしたぁ！」

思わず全力で謝罪してしまった。その様子を見て、天海《あまみ》は声を抑えてクスクスと笑っている。

俺《おれ》たちは同じ高校、同じクラスで生活してきても、全く会話することなく二ヶ月を過ごしてきた。それがついさっき互いの秘密を共有する仲となり、今いっしょに学校から逃げてきた関係となってしまっていた。

一体どうしてこんなことになってしまったのか。少し思い出してみるとしよう。

第一話　ハチミツとクマ

単刀直入に言おう。

俺、阿部《あべ》久真《きゅうま》は、クマの父親と人間の母親の間に生まれたハーフである。まあ正確にはクマの妖怪らしいんだが……どちらにしろクマには変わりない。

俺が小学校に入ってすぐの頃。ダイニングで朝飯を食べている時、唐突にそのことを母の口から告げられた。あたかも今晩のおかずを言うように、さらっとだ。

「久真、あなたのお父さんはクマなのよ」

俺はテーブルの上に飾られた父さんの写真を見た。そこには、タンクトップの上にオレンジ色の作業着をダラッと着こなし、黒髪をツンツン尖《とが》らせた若い頃の父さんが満面の笑みでピースしている姿が写っている。記憶を持ち始めるより前から単身赴任で海外に行ったきりの父さん。どう見ても人間だ。

「お父さんが……なに……？」

「クマよ。それもただのクマじゃないわ。長く生きすぎたせいで妖怪になって、人間の姿になれるクマなのよ」

「そっ、そんなわけないよっ！」

「そう言うと思ったわ。まあ、当然の反応よね。ちょっと待ってて」

いきなりキッチンの方へと向かった母さんは、一リットルほど容量がありそうな瓶を抱えて戻ってくると、それをテーブルの中央にドンと音を立てて置いた。

瓶の中には、半透明に輝く黄金色《こがねいろ》の蜜。見つめているだけで、口の中に甘い花の香りが広がるような錯覚がし、胸が小刻みに鼓動を打ち始めた。本能的に、体がそれを欲していると感じていたのである。

「これはハチミツ。クマの大好物よ」

母さんの言葉に首を傾《かし》げた。それまで俺《おれ》はハチミツというものを知らなかったのだ。今から思うと、その時まで意図的に母さんが俺の前から遠ざけていたのかもしれない。

母さんは瓶の蓋を開け、俺の顔の前に突き出した。

「んぅっ！」

濃厚な甘い香りが鼻に飛び込んできた。

すると同時に、不思議にも一気に嗅覚《きゅうかく》が冴《さ》えた。今までずっと鼻づまりでも起こしてたんじゃないかと思うくらいだ。鼓動が加速し、無意識によだれが吹き出した。体中を熱い血が駆け巡り始めて、身が軽くなったように感じ、無性に外へ走り出したくなった。

俺の身体に一体何が起こったんだ⁉

困惑する俺の前に、母さんは手鏡を取り出してきて見せた。

「ぎょえっ!?」

　自分の目を疑った。鏡に映る俺の姿はいつもと違ったからだ。六歳の少年の顔は黒い毛に覆《おお》われ、犬のように鼻が伸びていた。頭には黒い半円型の耳が生え、口の中からは鋭《するど》く尖《とが》った八重歯が覗《のぞ》いている。

　それだけではなかった。母が、はい、と言って渡してきた手鏡を、俺は受け取ることができなかったのだ。なぜなら、受け取ろうとしたその鏡を――右手一本で粉々に握り砕いてしまったからである。

　俺の手は、形こそ人のものだが、猛獣のように毛むくじゃらだった。

「それはクマ化。あなたがもっと小さい時にも何度かあったことよ」

「クマ化………」

　変化した自分の容姿や常識では考えられない怪力を前に、幼いながらも、自分が普通の人間ではないということを認識したのだった。

　それからは、しばらくハチミツに怯《おび》えながら過ごすこととなった。クマ化するところを誰かに見られれば、テレビの見世物や人体実験の道具にされてしまうかもしれない。一歩間違えれば、普通の人間としての生活は程遠くなってしまうと思っていた。

　しかし、この現代の人間社会に暮らしていればハチミツと遭遇することなんてほとんどない。たとえ出会ったとしてもケーキやパンに加工されているためほとんど香りがなく、よほど鼻を近づけなければクマ化しない。そのため、クマと人間のハーフであると告げられてから一年が経《た》つ頃には、俺《おれ》は以前のようにクマ化を気にせず生活できるようになった。

そして九年経った現在では……——

「うーん、やっぱりレンゲのハチミツはパンに付けて食べるのが最適だな。癖がないからそのまま味わうのが一番だぜ」

——常軌を逸したハチミツマニアとなり、家の中ではクマ化なんてお構いなしでハチミツを食べるのが当たり前となっていた。

そして、十五歳になり、ハチミツに対する危機感をほとんど失った俺は、無事に高校の入学式を迎えることとなった。

石造りの正門をくぐる新入生たち。空は薄青色に透き通り、校舎までの数十メートルの道のりは満開のサクラが舞い散り美しく飾り付けられている。まるで学校全体が俺たちの入学を祝ってくれているようだ。

「ん……」

ふわっと、微《かす》かな甘い香りが鼻腔をくすぐった。バラ科の植物、サクラの香りの甘みに似ているが、今この場に散っている花のものではない。もっとねっとりとした甘さを感じる。そう、これは——

「——ハチミツの香りだ」

うっかり声に出してしまった。

慌てて周りを確認するが、他の生徒はとくに気に留《と》めた様子もなく校舎へと足を進めている。どうやら今の発言は誰にも気付かれなかったようだな。

……と、思ったが、一人だけ、少し先にいた少女だけが俺に振り向いていた。真新しい薄黄色のブレザーや長いプリーツスカートの制服に身を包み、銀色のさらりとした髪をした少女だ。たぶん俺と同じ新入生だと思う。

サクラ吹雪の中、髪やスカートをなびかせて佇《たたず》む少女は、まるで絵画から飛び出してきた春の妖精のように見えた。

不覚にも見とれてしまっていた俺に、彼女は真ん丸に見開かれた深い青色の瞳《ひとみ》を向けてきていた。だが、すぐさま何事もなかったかのように体を反転し、校舎へと歩みを進めた。

しまった……聞かれてたのか。突然ハチミツの香りとか言いだす変なやつに見られたかもしれない。ああ、穴があったら入りたい。もちろんハチミツを持って。

どうしようもない恥ずかしさを胸に再度歩き出そうとしたところで、頭の両端に違和感を覚えた。

「ん……っ!?」

慌てて頭に手を触れると、そこには柔らかい感触。間違いない……!

は　え　て　る　――!!

俺《おれ》の頭にクマの耳が生えている！

不意に訪れたハチミツの香りに反応して、俺の中のクマとしての本能が目覚めようとしているのだ。このままでは、高校に獣人が現れたとして大騒ぎになってしまう。

鎮まれ俺の両耳！　クマの本能！

寝ぐせを気にするように頭を押さえていると、幸いすぐに頭の耳は引っ込んでくれた。

軽く周りに目を向けても、頭を押さえる俺を若干気にする素振りを見せるくらいで、人外の何かを見つけたような反応をするものはいなかった。ほっと安堵《あんど》の息を吐《つ》く。

……危なかったな。あと少しで、入学初日から俺がクマ人間だとバレてしまうところだった。そんなの冗談じゃない。

さっきまでのハチミツの香りはもうしなくなっている。

それにしても、どうしてハチミツの香りがしたんだ……？　しかも、あれはただのハチミツの香りではなく、サクラのハチミツに似たものだったぞ。サクラのハチミツといえば非常に希少で、自然状態ではほとんど作られることがなく、養蜂師《ようほうし》でも熟練の中の熟練にしか作れない代物なんだ。

もしかしたら、この辺りにはハチミツを製品加工する工場でもあるのか。ミツバチを生育する養蜂場《ようほうじょう》やハチミツを使ったお菓子を作る工場とか。もしそうなら、今度ぜひ見学に行きたいっ……じゃなかった、これからこの道を通る時は息を止めるなど、いちいち気を付けなきゃいけないのか。ちょっと面倒だな。

そんなことを思いながら昇降口から校舎に入り、受付を済ませて体育館へ。そこで形式だけの入学式を終え、俺《おれ》たちはそれぞれのクラスに入って自己紹介をした。

窓側最前列に座る俺が、まず初めに立つ。

「出席番号一番、阿部久真《あべきゆうま》です。日夏《ひなつ》中学校出身です。よろしくお願いします」

それだけ言って腰を下ろすと、担任教師の拍手に釣られるようにクラスから拍手が起こった。阿部という名字ゆえ、出席番号はほとんどが一番か二番だった。そのため昔からこうして何かを最初にすることが多かったが、それにもう慣れた。

拍手が鳴《な》り止《や》み、次の生徒の自己紹介に移る。俺の後ろに座る女子生徒が立った。

「出席番号二番、天海桜《あまみさくら》です」

ん……こいつ……っ!?

後ろの生徒を振り返り、俺は目を見開いた。そいつは、ついさっき俺のことをぎょっとした目で見てきた銀髪の女子だったのだ。

「出身は日影《ひかげ》中です。どうぞ、よろしくお願いします」

暗い雰囲気の挨拶をしてすぐに着席。その際にふわりとそよ風が巻き起こり、彼女の香りが俺のところまで辿《たど》り着いた。

この香りは……——

「……またハチミツだ……」

「っ⁉」

座ったばかりの天海がビクッと肩を震わせて俺を見た。口の中で発音したつもりだったが、少し音が漏れたのか。彼女は先ほどと同じように、大きい目を丸く見開いている。

一度ならまだしも、二度も「ハチミツ」と言ったのを聞かれてしまった。これではハチミツが大好きな変なやつみたいじゃないか。まったくその通りなんだがな。

再来した羞恥心に、俺は思わず体を前に戻した。

そもそもこのハチミツの香りは何なんだ？　嗅覚《きゅうかく》には多少の自信がある俺にしか気付けないような微《かす》かなものだったが、確かに今、それは天海から漂ってきたぞ。

まさか……こいつがハチミツの香りの発生源なのか……？

次の生徒の自己紹介を聞くふりをして、恐る恐るもう一度後ろを振り返った。

「むー……」

天海は眉間《みけん》に皺《しわ》を寄せて、ジーッと俺のことを見つめていた。危うく目が合いそうなところだったが、気付いてないふりをして目を逸《そ》らした。視界の端で真《ま》っ直《す》ぐに視線を浴びせてくる天海が見える。

こうして近くで見てみると、やはり天海はよく整った顔立ちをしている。こんな美少女に見つめられたことなんてないから、図らずも鼓動が加速してしまう。

しかし、この状況をどう処理したものかと悩んでいる内に、天海《あまみ》は警戒を解くように深くため息を吐き、すぅっと視線を横にずらした。天海の視線を辿《たど》っていっても、そこには黒板しかない。天海は、クラスメイトの自己紹介を聞く様子もなく、ただつまらなそうに黒板を見ていたのである。

「よし、これで全員か。じゃあ、これからこのクラスで一年間やっていくことになるが、分からないことや困ったことがあったら遠慮なく俺《おれ》やクラスメイトを頼るんだぞ。まあ、俺もこの学校一年目だから、逆にお前たちに訊《き》くかもしれないが」

三十路《みそじ》を迎えたばかりと思われる男性教師が締めくくり、それから一言二言付け加えてその日は下校となった。

教師が去り、ちらほらとざわつき始める教室。自己紹介で気になった者のところへ行って話をしている生徒が多いようだ。

俺も後ろの席の天海に話しかけてみようと思った。このままハチミツの香りを浴びせられれば、今朝のようにクマ化してしまうことがあるかもしれない。覚悟していればクマ化せずに済むだろうが、せめてハチミツの香りがする理由を知っておきたかったのだ。

「えっと、天海……ってあれ」

しかし、後ろの席に天海はいなかった。もう帰ってしまったらしい。

入学初日といえば、その後の人間関係を作る上でかなり重要な日だと思うんだが……変なやつだな。まあ、後を追いかけてまで何かを言うような関係でもないしな。

　俺は教室に残って、これから一年間をともにするクラスメイトたちと改めて自己紹介をし、親睦を深めるために何人かと遊ぶ約束まで取り付けたのだった。

　それからしばらくは、天海のことが気になって仕方なかった。彼女が近くに来ると、決まって例のほのかなハチミツの香りがしたからだ。

　クマの力で人より鼻が利く俺にしか気付けないほどの弱い香りだったが、ひょっとして、ハチミツの香水でもつけてるのか。あるいは、ハチミツを持ち歩いてるとか。どちらにしろ、サクラの花から作られたマニアックなハチミツの香りだし、きっと天海はハチミツについて相当熱く語れるマニアに違いない。目の前にそんなハチミツマニアがいるというのに、声をかけないということができるだろうか。もちろん、否《いな》である。

　入学から三日目くらいの休み時間、俺は天海と話をしようと意気込んでいた。しかし、席で読書をする天海に話しかけようとするも、先客が来て声をかけてしまった。

「天海さんだよね。よかったら、今度の日曜に映画でも行かない？」

　それは同じクラスの男子だった。デレデレとした顔で天海の隣に立ち、彼女の唇《くちびる》から紡がれる言葉を待っている。けれども、天海は返事をしない。本の文字に目を走らせるだけで、完全に無視を決め込んでいた。

　機嫌でも悪いのだろうか。今日は話しかけないほうがいいかもしれない。俺は天海と話したい気持ちを抑え、大人しく席に着いて次の授業の準備をした。

しかし、天海《あまみ》が返事をしなかったのは機嫌が原因でなかったと知ることとなった。

天海は体が弱いらしく、体育の授業も見学することがほとんどだ。日光にも弱いようで、陽《ひ》の光の下に姿を現すところはほとんど見たことがない。そんな彼女のことを気遣ってか、クラスの女子たちが積極的に声をかける場面があった。

「天海さん、次の移動教室までいっしょに行こうよ！」

だが、天海は静かに首を横に振り、とっとと一人で歩き去って行ってしまった。

天海はいつもそうだったのだ。話しかけられても、無視するか冷たくあしらうかで、まともに取り合おうとしない。つまり、厚意も好意も受け止めようとしなかったのである。

入学して一ヶ月が経《た》つ頃には、そんな天海に話しかける生徒はいなくなっていた。

天海から甘く柔らかな香りが漂ってくるたびに、彼女とハチミツについて語りたくて仕方なくなったが、どうせ答えてもらえないだろうと、天海と話すことを諦め、彼女の印象も頭の中から次第にフェードアウトしていったのであった。

そんな、会話もしないただのクラスメイトだったはずの天海と一気に距離を縮めることになったのは、入学して二ヶ月が過ぎようとした今日のことだ。

雲の切れ間から覗《のぞ》く強い日差しにより、ここ最近では一番暑い日となっていた。夏とまではいわないが、初夏だと実感させてくれる陽気だ。それなのに、本日最後の授業はよりにもよってグラウンドで体育だった。それも五十メートル走のタイムを計るというもの。言わずもがな、クラスの誰もがげんなりとしていた。

　今は女子がタイムを計っている。俺《おれ》たち男子は、体操服姿の女子の走りにちらちらと目を向けながら、ウォーミングアップをして男子の番が来るのを待っていた。

「今日は天海さんの体操服姿が拝めないのかぁ」

　校舎の二階窓に顔を向けて、残念そうに話しかけてきた丸刈りの男子は、教室では隣の席に座る河野秀樹《こうのひでき》。入学以来よくつるんでいる友達である。

　河野の言葉通り、いつもはグラウンドや体育館の端の方でちょこんと体育座りをして見学をしている天海の姿が今日はない。

「ほら、天海さんって体が弱いだけでなく日光にも弱いじゃんか。今日は日差しが強いから教室で自習なんだとさ」

「ふーん」

　河野が鼻の下を伸ばしきっただらしない顔をする。

「いいよなぁ天海さん。インドア文学少女の雰囲気を醸し出してて、見てるだけで幸せな気分になれるぜ。さすが日夏《ひなつ》高校一学年二大美少女の一人だよなぁ」

「二大美少女だって？　そんなの初めて聞いたぞ」

　河野が嘲《あざけ》るように俺を見た。

「おいおい、阿部《あべ》。まさか知らないのかぁ？　入学早々、一学年に二人も絶世の美少女がいるって噂《うわさ》になったんだぜ。そのうちの一人が天海《あまみ》さんだ。あぁ～あんな美少女とお付き合いとかしてみたいもんだよなぁ」

そう言いつつも妄想をしているのか、またも鼻の下を伸ばす河野《こうの》。

こいつは男ばかりの野球部に所属しているせいか、常に女っ気というものに飢えている。その飢餓《きが》を感じ取って女子たちが避《さ》けていると気付くのは、一体いつになるのやら。

俺《おれ》は一年B組の教室の窓に目を向けた。校舎二階、端から二番目の教室。その教室の窓は開かれ、一部かかっていたカーテンがゆったりと風になびいていた。あのカーテンの奥に、天海はいるのだろう。

綺麗《きれい》な顔をしているとは思っていたが、まさかあんな不愛想なやつが一学年二大美少女とまで言われていたとはな。まあ納得はできるが。

その後も河野と雑談を交わしながら授業を終えた。この学校は朝にのみホームルームを行い、帰りの会といったようなものがない。だから、最終の授業が体育だと、大方の生徒はそのまま部活へ行くか帰宅することになる。

俺も制服に着替えて早く帰宅するため、更衣室へ向かおうとした時だった。

「おい阿部、ちょっと手伝ってくれ」

担任兼体育教師から呼び止めを食らってしまった。嫌な予感しかしない。

「じゃあオレは先に行ってるな。がんばれよ、阿部く～ん」

河野も俺と同じものを察知したのか、ニタニタ笑顔で逃げるように去って行った。

「よし、阿部。これを体育準備室まで運んどいてくれ」

屈強な体育教師の指差す足元には、五十メートル走のタイムを計るのに使ったストップウォッチやピストルなどが入れられたカゴがあった。

「……いえ、あの」

「何だ？　阿部は部活入ってなかったよな？　今日何か用事でもあるのか？」

返事を渋る俺に教師が訊《き》いてきた。

ああ、用事ならあるとも。今日は数日前にネットで注文した、マヌカという花のハチミツが届く日なんだ。マヌカのハチミツはなかなか手に入らない上に高価で、ここ一ヶ月間ずっとこの日を楽しみに過ごしてきた。だから一刻も早く家に帰りたいと思っていたんだ。

だが、これを話したところで教師には正当な理由とは受け止められないだろう。

「大丈夫です。やっておきます」

「そうか、じゃあこれ頼んだぞ。先生は職員室の方に用事あるから」

「わかりました……」

体育教師が校舎の方へ去って行く姿を横目に、俺はしぶしぶ体育準備室まで遠回りをし、そこから更衣室へ全速力で向かった。

ほとんど誰もいなくなった更衣室で制服へ着替え、とっとと帰宅しようとしたところで、スクールバッグを教室に忘れてきてしまったことに気が付いた。

早く家に帰って愛《いと》しのハチミツちゃんに会いたかったのだが……仕方ない。

俺《おれ》は半ば駆け足で教室に戻った。傾いた西日が斜めに差し込む室内は、黄色っぽい光に満ちている。どうやら明かりが消えているようだし、もう誰も残ってないのか。

とにかく、早いところバッグを取って帰ろう。

俺の席は入学以来ずっと窓際一番前の席。

すっかり一人きりという気で自分の席まで行き、机の脇に掛けられたスクールバッグを手に取ろうとしたところで、

「ぬわっ⁉」

入口付近の席で机に突っ伏す生徒を発見した。半袖ブラウスとスカートを着ている。

「天海《あまみ》か……」

その銀色のロングヘアは、明らかに天海のものだった。天海は日差《さ》しを避けるため席を移動していたのだ。

びっくりしたなぁ……それにしたって、どうしてこんなとこで寝てるんだ？

「いや、それよりも今はバッグバッグ。待っていろ、マヌカハチミツちゃん」

見なかったことにしてバッグを手に取り帰ろうとした俺の頭に、先ほど河野《こうの》が話してい

た言葉が蘇《よみがえ》った。

――天海さんって体が弱いだけでなく、日光にも弱いじゃんか。今日は日差しが強いから教室で自習なんだとさ

寝ている……んだよな？　まさか、気を失っているとかじゃ、ないよな……？

今日はここ最近ではとりわけ日差しが強い日だった。日光に弱い天海にとっては、厳しい一日だったかもしれない。白いブラウスの背中は穏やかに上下しているが、果たしてこれが寝ているだけという保証はどこにもない。

段々こいつのことが心配でならなくなってきた。

俺はごくりと唾を飲み込み、彼女の肩を軽く叩《たた》いた。

「お、おい、天海……？」

「…………」

返事がない。俺の中の悪い予感が一層沸き上がった。

「おい！　天海！　起きろ！」

今度はもっと大きな声で、天海のブラウスを掴《つか》んで揺すってみた。

するると、彼女の体がピクッと動き、重たそうに顔を持ち上げた。

「うぅ……ほへ？」

ほへ？

天海《あまみ》が眩《まぶ》しそうな目をこっちに向け、小さく首を傾《かし》げた。

こりゃ寝ぼけてるな。普段の天海からは想像もつかないほどの間の抜けた顔だ。

だが、これで一安心。

「なんだ、寝てただけだったんだな」

「はひぃ、自習をしていたら少し眠くなったので、明かりを消してふわぁ～……」

天海は仔猫《こねこ》のように目を細めてあくびをした。

こんな饒舌《じょうぜつ》な天海は初めてだぞ。たぶん、寝起きで状況がよく分かっていないんだろうな。それにしても、無事で本当によかった。俺《おれ》はほっと安堵《あんど》の息を吐こうとしたところで……鼻を強く刺激する甘い香りを大きく吸ってしまった。

「うっ……ハチミツ……っ！」

まるで目の前にハチミツが置かれているような濃い香りだ……！　これは一体？

そうか、ずっとうつ伏して寝ていたせいでハチミツの香りが充満するドームができていたんだ。

「くそっ……抑えられ……っ！」

ドクンと鼓動が鳴った。体中の血管が燃えるように熱くなっていく。

──クマ化が始まった！

頭の上に神経が通い、新たな感覚が目覚めた。俺の頭には、クマの耳が生えてしまっているのだろう。

「はへ、どうしたんれすか？」

天海がトロンとした瞳《ひとみ》で顔を覗《のぞ》き込《こ》んできた。幸い、寝ぼけて俺の変化には気付いていないようである。

どうする。外へ逃げるか？　いや、今外に出ればもっと多くの人に出くわす可能性がある！　かといって逃げなければ、頭が冴《さ》えてきた天海に悲鳴を上げられてしまう！

「……っ⁉」

何か音が聞こえてきた。たぶん誰かが接近してくる足音だ。もう十秒もすればこの教室へ辿《たど》り着《つ》いてしまうかもしれない。

「隠れねぇとっ‼」

「はっえっ⁉」

天海の手を掴《つか》んで無理矢理《むりやり》立たせ、黒板の方へと引っ張った。未《いま》だ焦点の定まらない目をしていた彼女が、困ったようにぱちくり瞬《まばた》きをする。そんな彼女ごと、俺は教卓の下へと体を潜り込ませた。

後で気付いたんだが、天海までもいっしょに隠れることはなかった。適当な理由を付けて教室の外へ追い出し、その隙に俺《おれ》一人だけ隠れればよかったんだ。だけど、この時の俺は、そんな判断すらできないほど焦っていたのである。

本来二人で潜り込むなんて想定されていない教卓の下は非常に窮屈《きゅうくつ》だった。限界まで身を縮めても、どうしても肩が触れ合ってしまう。

「……へっ……？　ちょっ、ちょっと何しているのですか……っ！」

意識がはっきりしてきたのか、唐突に天海《あまみ》が暴れ出した。体がぶつかり合い、ガタガタ教卓が音を立てる。

「頼む！　大人しくしてくれ！」

天海を押さえ込もうとしたが、余計に彼女はもがいた。

「はっ、放してください！　変態！　猛獣！　ケダモノ！」

「お願いだ天海！　静かにしてくれ！　このままじゃ俺は危ないんだっ！」

ぎゅっと天海の体を抱きしめた。

「〰〰〰っ!!」

天海の声にならない悲鳴。

俺の腕が天海の二の腕や腰に触れ、味わったことのない感触が腕を支配した。

うわっ、柔らかっ！　女の子ってこんなに柔らかいのか！

ちょっとしたことに驚きを覚えている俺の鼻を、さらなる衝撃が襲った。

「……ぐぉっ、すごいハチミツの香りだ……っ！」

これまでとは比べものにならなく濃いハチミツの香りが肺へと侵入し、クマの本能が大波のように押し寄せてきた。

うまそうだ……！

――ドクンッ

心臓が一度強く高鳴り、早鐘を打ち始めた。自然と息が荒くなり、体が軽くなったような妙な浮遊感が出てくる。

まずい……！　本格的にクマ化が始まった……！

視界の下に、真黒な毛に覆《おお》われた鼻が映った。手の平には灰色の肉球が現れ、同じく黒い毛に覆われていく。黒くて鋭《するど》い爪《つめ》までもが伸びてきた。制服は膨れ上がり、今にもはち切れんばかりになる。ただでさえ狭かったのに、天海とぴったり密着する形となった。

「あ、あな……あ、あなた一体……！」

変身していく俺の姿を見て、天海がわなわなと震え出した。

嗅覚《きゅうかく》が鋭くなって、教卓の中に籠《こも》る甘い蜜の香りを強く感じた。天海はハチミツの塊なんじゃないのか？　じゃなかったら人間サイズの蜜蝋《みつろう》だ。今すぐこいつにかぶりつきたい。

本能的に天海《あまみ》の喉元へと顔を近付け、口を大きく開けた。

「や、やめ……て……っ！」

天海が恐怖のあまり崩れ落ちそうになる。

「……あぶっ……！」

反射的に天海の後頭部に手を回してかばった。意図せずして押し倒すような姿勢になり、仰向《あおむ》けの天海を抱きかかえるような構図で教卓からはみ出してしまった。このままでは接近する誰かに見つかってしまうかもしれない。けれども、今の俺《おれ》には、あらゆることがどうでもよくなっていた。

ハチミツの香りをぷんぷん漂わせる目の前の少女を舐《な》め回《まわ》したい！

力が抜けたように顎《あご》が上がり、さらけ出された天海の喉くび。白くほっそりとしたそこには、キラキラとしたものがにじんでいる。

だめだ、もう我慢できないっ！

次の瞬間、すべすべした天海の首に自分の舌を這《は》わせた。

「ひっ……うっ、ぐ」

うまい……！

口の中に広がる濃厚な甘さ。首に見えたキラキラはねっとりと重い。しかし、あっという間に口中《くちじゆう》に解け、あとからほのかな風のように爽やかな甘さが広がった。

サクラ吹雪だ。サクラ吹雪が見える。

春のうららかな日差しの中、まだ涼しげな風に煽《あお》られて舞い散るサクラの花びら。顔に花びらが当たり、深呼吸をしたくなるような淡く甘い香りが脳内を覆《おお》いつくした。

その舌触りや甘さには覚えがあった。いや、覚えがあるなんてものじゃない。ほぼ毎日といっていいほどそれを口にしている。

――そう、ハチミツだ。

天海の首に光っていたものは、ハチミツだったのである。

しかし、なんだこの美味《うま》さは……っ！　ずっと前に舐めたことがあるサクラのハチミツの爽やかな甘さに似ているが、何かが違うぞ。もっと上品で、もっと繊細な味をしている。こんなものを食べてしまっては、もう二度とそこらのハチミツには戻れないじゃないか。今まで俺が舐めてきたのは本当にハチミツだったのかと問いたいほどだ。

もっとだ！　もっと舐めたい！

俺の舌は首を下り、鎖骨《さこつ》を舐《な》め回《まわ》した。そこにもハチミツがべったり付いている。柔らかな肌と出っ張った鎖骨を往復するように何度も舌を動かす。

「んうっ……ひっやぁっ！」

天海がくすぐったそうに身をよじった。

ハチミツを舐め取っていくと、頭の中の映像はより鮮明なものになっていき、現実から浮いて飛び立っていくような感覚がする。

もっとだ……もっと。もっと舐《な》めたい！　このハチミツをもっと味わいたい！

「きゃぁあああああああああっ!!」

突如《とつじょ》悲鳴が轟《とどろ》き、俺《おれ》はビクンと動きを止めた。その悲鳴は女子生徒のものだったが、天《あま》海《み》のものではない。廊下から聞こえてきたものだった。

続いて、少し離れたところからパタパタと駆けていく上履きの音もした。

しまった、見つかってしまったかっ？

ドキリ、と一瞬焦ったが、すぐにそうじゃないかもしれないと気が付いた。

廊下に目を向けると、開かれた教室の戸から俺たちの影が伸びているのが見えた。女子生徒と、そこに覆《おお》いかぶさる男子生徒の影。いや、男子生徒と思うだろうか。

長く伸びた鼻、頭にある半円型の耳、全身を覆う細かく尖《とが》った毛のシルエット。それだけ見れば、痩《や》せ気味のクマがそこにいると思うんじゃないか。

「く、クマがぁあああ！　クマが出たわぁあああああっ!!」

俺の考えを裏付けるように響いてきた、悲鳴にも似た女子生徒の声。

これは……大変なことになってしまったのかもしれない……。

「あの、そろそろ退《ど》いていただけないでしょうか……？」

下の天海が言った。その表情には、さっきまでの怯《おび》えや恐怖はない。クマ化した俺に対しても臆することなく、いつものような無表情でありつつも、変態に向けるような冷たい眼差《まなざ》しで睨《にら》んできている。

「あ、ああ……」

俺が慌てて退《ど》くと天海は起き上がり、スカートの裾を直しながら床に座る。その時、ふと前かがみになった天海の胸元が目に入った。

ブラウスの上からでもしっかりとした膨らみを感じる天海の胸。たぶんDカップくらいある。ほっそりしたウエストのおかげでかなり強調されて見えた。だが、今の俺にはそんなことどうでもいい。俺が興奮するのはもっと上だ。

乱れたブラウスの襟《えり》から覗《のぞ》く、きめ細かい白い肌。両鎖骨《さこつ》に挟まれた空間に輝く黄金色《こがねいろ》の蜜である。

ごくり、とよだれを呑《の》み込《こ》んだ。口から出す息が熱い。

「あの……？」

天海が緊張した面持ちで呟《つぶや》いた。俺の視線を辿《たど》っていき、自分の胸元にきらりと輝くハチミツに気が付く。

ああだめだ、我慢できない……！

見えない力に突き動かされるように、天海の胸元へ口を寄せる。

「待って！　待ってください！」

慌てて天海《あまみ》が手を突き出して制止した。俺《おれ》は少し冷静になる。

そ、そうだよな。よく考えてみれば、俺は今クラスメイトの女子を舐《な》め回《まわ》してしまったんだ。それはいけないことだよな。でも、どうしてもそのハチミツが舐めたくて仕方なかった。せめてあと一口だけでも舐めたい。

「うぅ……どうしても舐めたいのでしたら……」

俺の物欲しそうな目に耐え切れなくなったのか、天海が仕方ないと言わんばかりに、自分の胸に付いたハチミツを左手ですくい、そのまま差し出してきた。恥ずかしそうに目を逸《そ》らし、もじもじと言う。

「こ、この手を舐めるのでしたら……よしとしないこともないです」

願ってもない！　ハチミツが舐められるなら、どこに付いていようが関係ない！

「ほんとか！　じゃあいただきますっ！」

「えっ、そんないきなり……！」

天海の手にしゃぶりついた。

「はうっ！」

まずは指にたっぷりと付いたハチミツを舐め取ると、口中《くちじゅう》にまた甘い香りが広がった。

それから爪《つめ》に挟まった蜜をチューチュー吸い取り、指と指の間を縫《ぬ》うように舌を動かす。

「ひっうっ」

天海はくすぐったそうにしながらも声を抑えていた。

指からハチミツの味はもうしなくなった。次は手の平を舐めよう。

「やっ……もうやめてっ」

舌が指を下り手の平に到達すると、天海がぎゅっと身を縮こまらせて悶《もだ》えた。

「だがっ、ここからは、ハチミツが切りなく滲《にじ》み出《だ》してくるんだっ」

やめろと言われたところでもう止まらない。俺はただ本能に従うだけだった。

「〰〰〰〰っ!!」

最後の一舐めを終えた時、天海はぎゅっと閉じた目尻に涙を浮かべながら、何かの絶頂を迎えたように声にならない叫びを上げた。

一方の俺は、もうしばらくハチミツはいいかと思えるほど満足していた。何かをやり遂げた達成感や欲望を失った喪失感、そんな様々な感情が頭の中で渦巻いている。

――バコッ！

「ってぇ！」

突然頭を叩《はた》かれた。

「やめてと言ったのによくも続けてくれましたねっ！」

叩《たた》いたのは天海だった。相当ご立腹のようである。顔をリンゴのように真っ赤に染め、綺麗《きれい》な眉《まゆ》を吊《つ》り上《あ》げていた。

一回だけじゃ気は晴れなかったのか、続けて何度も叩《たた》いてくる。

「よくも！　よくも！　この！　この！」

ポコ、ポコ、ポコ、ポコ……

俺《おれ》の胸めがけて何度も天海《あまみ》の小さな拳《こぶし》は振り下ろされた。しかし天海の連続攻撃は、非力すぎて痛くない。

「天海、ごめん。すまなか……」

天海の手を受け止めようと手を伸ばし、俺は止まった。

「おい……嘘《うそ》だろ」

伸ばしたその手には、毛も肉球も爪《つめ》もなかった。

顔を触れれば、毛ではなく皮膚の柔らかな感触。

「人間に……戻ってる………!?」

あり得ない！　本来だったら興奮が治まるまでクマ化は解けなくて、ざっと二十分くらいはかかるのに。だが、今だけは違った。

「まさか……天海のハチミツを舐《な》めたから……？」

天海の肌に浮かんだハチミツは、これまでのハチミツライフを覆すほど美味《うま》かった。それによって、俺は初めてここまで満足感を得たんだ。この異常な変化と何か関係があると見て間違いないだろう。

「え……汗がなくなって……」

　一方の天海も何か気付くことがあったようで、叩くのをやめて自分の喉元や手の匂いを確かめていた。

「……っ」

　天海が俺に目を向けた。軽蔑半分、期待半分といったような目付きだ。その目付きのまま、緊張からか少し震えた声で訊《たず》ねてくる。

「どういうことですか、今の？　あなたも普通の人間ではないのですよね？」

　ここまで見られてしまったのなら仕方ない。舐《な》め回《まわ》してしまったことだし、何も話さないというわけにもいかないだろう。

「天海、俺は……」

　だが、口を開こうとしたその時、校舎のどこかから鈴の音《おと》が聞こえてきた。カランカランと複数の音が重なり、それが廊下の壁で反響して不協和音を生み出している。

「この音は……？」

　不思議そうな顔で首を傾《かし》げる天海。

　この音の正体が分かった俺は、直《ただ》ちにその場から逃げたくなった。

「これは猛獣よけの鈴の音だ」

　小学校の遠足の時、山へ入る際に一人一個ずつその鈴を持たされた記憶がある。鈴の音を聞くだけで、山の猛獣がびっくりして逃げ出してしまうのだそうだ。普段であれば、その音で俺《おれ》が怯《おび》えるということはないが、この時ばかりは平静ではいられなかった。

猛獣よけの鈴は、こちらへ向かってきているようだったからである。まず間違いなく、この音で追い払いたいのは俺だ。先ほどの悲鳴を上げた女子生徒の証言を聞いて、急いで教職員が駆けつけようとしているのだろう。考えるまでもなく、今は逃げるべきである。

「すまない天海《あまみ》っ、俺は逃げる！　体舐《な》め回《まわ》して悪かったな！　あばよっ！」

「ちょっと待ってくださいっ！」

走り出そうとした時、天海に腕を掴《つか》まれた。

「何だ天海！　急いでるんだっ！」

「あなたとはお話ししたいことがありますっ！」

「天海にそう言われて光栄だよ！　お茶ならまた今度な！」

「今すぐ話したいのです！　ですから少し待ってください！」

天海の貫くような真剣な眼差《まなざ》し。潤んだ瞳《ひとみ》の奥に、本気の思いが感じ取れた。

「……わかった。だが、ここに居続けるのはまずい。天海、いっしょに来てくれっ！」

天海がこくりと頷《うなず》き、俺たちはすぐさまその場を後にした。

◇◇◇

「私は、ハチミツの汗をかく体質なのです」

夕焼けに照らされた堤防道を歩きながら、天海がそう言った。

ここ日夏《ひなつ》市は、海に面した中規模の都市である。商業施設や交通網がほどよく整った街が海や小さな山々に囲まれた自然豊かな都市だ。

学校を飛び出してきた俺たちは、海へと注ぎ込む川の流れといっしょに堤防道を話しながら歩いていた。住宅地の真横、盛り上がった草原《くさはら》の上に延びるコンクリートの堤防道だ。夕焼けが反射して眩《まぶ》しい川の流れを目で辿《たど》っていくと赤いM字の鉄骨の橋が見え、さらにその向こうには海が望めた。景色がいい道だ。きっと朝には、散歩をする人で賑《にぎ》わっているのだろう。

ここは天海の通学路。俺の家とは反対の方角へ進む道である。

さっきは逃げたい思いでいっぱいだった俺も、落ち着いて考えれば天海と話したいことがたくさんあった。しかし、どこか落ち着いて話ができる場所のあてがない。そのため、帰りながら話をすることになり、こうして俺が天海を送っているという次第である。

夕陽を浴びて、隣を歩く少女の銀色の髪は金色に輝いていた。その色は、つい先ほどまで彼女の肌に流れていた液体を彷彿《ほうふつ》とさせる。

ハチミツの汗をかくなんて、信じがたい。けれど、こいつから出てきたハチミツをしっかりと舐《な》めた以上は、信じなければならないと思った。

「その体質は、生まれてからずっとそうだったのか？」

天海《あまみ》は一つ頷《うなず》くと、川の流れに目を向けた。陽《ひ》の光を浴びてキラキラと輝く水面に何かを思い出すかのように語りだす。

「幼い頃、一度だけ医者にかかりました。けれども、この汗の原因は不明。唯一分かったのは、私の汗は、成分的にはほぼ完璧にハチミツであるということだけでした。つまり、私は普通の人間ではなかったのです。人外。ハチミツ人間。まるで妖怪です」

水面の輝きを目に映し、天海は続けた。

「そんな妖怪みたいな体であること、周りには知られたくありません。……幸い、その時は父の知り合いの医者だったこともあり、私の体質のことは外へ漏れずに済みました。ですが、今もこの秘密が知られないかびくびくしながら生活しています。人前で汗をかくたびに、それが乾くまで待つか、すべて拭《ふ》き取るまで怯《おび》えなければならないのです」

「そうだったのか……」

俺《おれ》にしてみたら夢のような体質なんだが、嫌がるのが正常な反応なのかもな。

しかし、天海の気持ちは俺にも少しわかる気がした。俺だって、クマ人間であることを周りに知られてしまわないかと怯えて過ごした日々があった。このハチミツの汗を流す少女は、その頃の俺の気持ちをずっと味わってきたんだろう。

「ですが……さっきだけは違いました」

天海の声色が変わった。不快感を前面に押し出した顔で言う。

「さっきは、気色が悪いですが、あなたに舐められたため早くハチミツを拭《ぬぐ》うことができました。気色が悪いですが」

今、気色が悪いって二回言わなかったか？

だが、結果オーライ。俺が舐めたことで天海は早く危機を脱したのだ。

「つまりは俺のおかげだな。よかったな天海」

したり顔でそう言うと、天海の表情がすっと冷たくなった。

「調子に乗らないでください。変態がいるって悲鳴上げますよ？　気色悪い」

「頼むからやめてくれ！　あとバカの一つ覚えみたいに気色悪いって言うのもやめろ！」

俺は、ごほん、と咳払《せきばら》いをして仕切り直す。

「びくびくしながら生活って言ったが、お前は苦労してきたんだな」

「それはあなたもでしょう」

「ん？　俺はそんなでもないぞ。ハチミツさえ近くになければ大丈夫だったしな」

「ハチミツですか？」

天海が小首を傾《かし》げて訊《き》いてきた。

そういえばこいつには、まだ俺の秘密について話してなかったな。

俺《おれ》は天海《あまみ》に、自分がクマのハーフであること、ハチミツによってクマ化してしまうことをかいつまんで話した。すると、話を聞き終えるや否《いな》や、天海はクスクスと声を漏らした。

「あれはクマだったのですね。イタチかタヌキだと思っていました。ですが納得です。だからハチミツで変身するのですね。するとやはり、ハチミツが好きなのですか？」

天海に笑われ、いたたまれない気持ちになった。

「ああ好きだよ。悪いか？」

「いいえ、別に」

天海は上品な仕草で手を口に当てて笑っていた。目尻には涙も浮かべている。こいつがこんなに笑っているところは初めて見たかもしれない。感情が見えない普段の顔よりも、ずっと可愛《かわい》いと思った。

「驚かないんだな？　俺がクマ人間だと聞いたのに」

「先ほど直《じか》に姿が変わるところを見ましたから。今さら驚くことなんてありませんよ」

天海は苦笑しつつそう言って、ふと何かに気が付いたように俺を見た。

「ところで、あなたの名前は何でしたっけ？」

うっかり、ギャグマンガよろしくズッコケるところだった。

「俺の名前は阿部久真《あべきゅうま》だ。一応お前とはクラスメイトのはずなんだが？」

天海は何故《なぜ》か、えっへん、とややふくよかな胸を張って見せる。

「自慢ではありませんが、私はクラスメイトの名前を一人たりとも覚えていません」

「ほんとに自慢じゃねぇよ！」

この二ヶ月もの間、クラスメイトの名前を一人も覚えないのはかえって難しいことだろ……。

「それで、ベア君」

天海に呼ばれた。って、ベア君？

「ちょとまて逆だ！　ベアじゃない！　アベだ！」

「どちらでもいいでしょう」

「よくないぞ！　断じてよくないからな！　ベアなんて呼ばれたらクマ人間であることがバレちまうかもしれないだろうが！」

「さすがにそれはないと思いますが……」

天海が面倒くさそうな目を向けてきた。なぜそこに拘《こだわ》るのか謎で仕方ないというような顔だ。そのまま彼女は、ため息を吐《つ》いて言う。

「ベア君」

「阿部だ」

「ベア君」

「阿部だって言ってるだろ」

「ベア君。一つ訊《き》きたいのですが？」

だめだ……このままでは話が進まない。呼び名にはひとまず目を瞑《つぶ》ってやろう。

「なんだよ？」

「さっきはあっという間に元に戻っていましたよね。他の生徒に見つかりそうになった時、最初から元に戻っていればよかったのではないですか？」

「いや、それが俺《おれ》も驚いたんだが、今まではあんなに早く元に戻れたことがなかったんだ」

天海《あまみ》が分からないと言うように眉《まゆ》を顰《ひそ》めた。俺は付け加える。

「いつもクマ化した時は、興奮が治まるまで人間の姿には戻れなかった。ハチミツからしばらく離れて、興奮が治まるのを待つしかなかったんだよ」

クマ化の度合いにもよるが、全身がクマ化したとなると、戻るまで二十分前後が目安となる。それなのに、さっきは五分程度で元に戻ってしまった。これは明らかに早い。

「それが、さっきは全く逆の――お前のハチミツを舐《な》めることで元に戻れた。初めてのことで、俺もどうしてか正直分からないんだが……たぶん満足したからなんだと思うんだよ」

「満足、ですか？」

「おう。俺はお前のハチミツを舐めきって満足した」

「うわぁ……」

天海が気持ち悪そうに片頬《かたほお》を吊《つ》り上《あ》げた。俺は天海に構わず続きを話す。

「そんなのは初めてで俺自身びっくりしたんだが、ハチミツ欲求が満たされた感じがしたんだ。四六時中ハチミツのことを考えてた俺が、だぞ？」

天海がジト目を向けてきた。

「ベア君は相当暇な人なのですね。いえ、間違えました。相当暇な変態なのですね」

おい、今、変態って言い直す必要あったか？　まあ、そう言われて当然のことはしたが。

まったく……話をし始めた時から思ってたが、こいつは物言いになかなか癖があるみたいだな。

しかし、彼女のハチミツはそれとは違い、全くといっていいほど癖がない。さらりと口の中で溶け、ほのかな香りを残して消えていく味。今までの十五年間くらいのハチミツライフが覆されるほどの衝撃に出会わせてくれた至高のハチミツだった。

このまま天海を家まで送り届けたら、その後俺たちはどうなるんだ？　また、全く会話しないこれまで通りの高校生活に戻ってしまうんじゃないのか。そうなったら、もう二度とハチミツとは出会えない。

そんなのは嫌だ……っ！　どうにかハチミツとの別れだけは阻止しなくては！

何か良い方法はないか。しばらく黙って考えを巡らす。

……そうだ。こういうのはどうだろう。

「天海、一つ提案したいんだが」

「提案ですか？」

天海《あまみ》は立ち止まって、身構えるようにしてこっちを見つめた。俺《おれ》もつられて立ち止まり、彼女を正面にする。天海は、俺の出す提案に警戒しているみたいだ。提案の内容を出す前に一つ一つ状況を確認しておくべきだな。

「天海、お前はさっきみたいにハチミツの汗をかいてしまうことがある」

「そうですね」

「俺はその匂いでクマ化してしまう」

「そうですね」

「でも俺たちはクラスメイトだから、どうしても同じ空間にいなければならない」

「そうですね」

「だが、いいか。俺が天海の汗を舐《な》めることで、その両方が解決するだろ？」

「そうで……は？」

同意する寸前でそのおかしさに気付いたようで、ぱちぱちと瞬《まばた》きをする天海。

「だから俺たち、協力関係にならないか？　天海が汗をかいて俺がクマ化したら、俺がお前の汗を舐め取るんだ！」

そう、それこそが、俺が天海のハチミツから離れたくがないために考え付いた策だった。互いが互いを必要とする関係を作ることができればウィンウィン！　天海も俺も大助かり。

その上俺にはハチミツを舐める大義名分もできるため、一石二鳥。まさに完璧だった。

天海は眉《まゆ》を顰《ひそ》めつつも、顎《あご》に指を当て、探偵のように考える素振りをする。

「確かに、変身したベア君が私の汗を舐めると元に戻るかもしれないと分かりましたし、私もベア君に舐められることで早くハチミツを拭《ぬぐ》い去ることができると分かりました」

これならいけそうか。そう思ったのも束《つか》の間《ま》、急に天海の目付きが鋭《するど》くなり、恥からか怒りからか顔を赤くして声を荒らげた。

「ですがそれでは、これから私が汗をかくたびにベア君に舐めてもらうということになるではありませんか！　そんなの嫌ですっ。吐《は》き気がしますっ。気色悪いですっ。そもそも、私のハチミツの汗を舐めたいだけというのが見え見えですっ！」

小さくて綺麗《きれい》なピンクの舌がはっきり見えるほど大きく開かれた口から、耳がジンジンするほど高い声が飛んできた。天海でもこんな声を出せるんだな。

「だが、そのほうがお互いのためだ！　俺たちの体質が学校のやつらにバレれば大変なことになる！　これからクラスメイトとしてやっていくなら、協力し合うのが一番だろ！」

「うぐぅ……」

天海が返す言葉もないように下唇《くちびる》を噛《か》んだ。

あともう一押しだ。俺は胸の中で熱く燃えあがる想《おも》いを明かす。

「それにな、天海。聞いてくれ。俺は（天海のハチミツと）離れたくないんだ。こんな出会い初めてだった。あまりに衝撃的で劇的で、まだ興奮が治まってないくらいだ。うまく言葉にできないんだが、何が何でも（天海《あまみ》のハチミツと）離れたくないんだよ！」

「え……？」

天海は驚いたように固まり、徐々にその顔が赤く染まっていった。口をパクパクとさせて戸惑っているようだ。天海は華奢《きゃしゃ》な手を上下にブンブン振り回しながら、早口に怒鳴りつける。

「そっ、そそそそんな情熱的なことを言って私を落とそうという魂胆ですかっ！　そ、そんな手にはにょり……乗りませんよっ！　とにかく！　嫌ったら嫌ですっ！」

言い捨てるなり、ドシドシと大股でその場を去って行こうとする。女子の小柄な体躯《たいく》なのに、どんどん遠ざかってしまった。追いかけようと思ったが、不機嫌そうにわっさわっさ揺れる後ろ髪がもう何も話したくないと言っているような気がしてやめた。

何か気に障ることでもしたか？　わけが分からない……。

だが、これであのハチミツはもう二度と舐《な》められなくなったかもしれない。やってしまった。

あれ、空の星がぼやけて見える。どうしてだろう……。

俺《おれ》は袖で目を擦《こす》り、天海のハチミツへの悲恋を胸に家路へと就いたのだった。

◇◇◇

「ふぁあ〰〰……」

昼間の日差しが注ぐ住宅街を、学校へ向けて歩きながら長いあくびをした。

腕時計を見れば、時刻は午前十時を回ったところだった。普段であれば、こんな時間に登校すればもちろん遅刻だ。だが、今日に限ってはこの時間の登校で正しかった。

忘れがたい天海のハチミツへの想《おも》い。そのせいで眠れず、悶々《もんもん》とした夜を乗り越えた俺に今朝届いた連絡網の内容はこうだった。

『昨日の放課後、校内にクマが出没した可能性があるため、本日の登校は安全が確認できるまで遅延する』

まずいことになった……。

俺がクマ化したことで、学校が大騒ぎになっているんだろうなぁ……。そう思うと学校を休みたくなるほど胃が痛んだ。けれども、このタイミングで休んだら、クマ出没と何か関係があると思われてしまうかもしれない。多少無理してでも学校へ行くことにした。

「早くほとぼりが冷めればいいんだがな……」

そう願いながら通学路を進んだ。

日夏《ひなつ》高校は、丘というよりは小山を登ったところにある。自転車では到底登りきれない坂に囲まれているため、日夏《ひなつ》高の生徒は毎日プチ登山をしていると他校から馬鹿にされるくらいだ。

今日も息を切らしそうになりながら坂を登り切り、正門に入る。すると、昇降口前で人だかりができているのが見えた。一学年から三学年まで、制服に身を包んだ生徒たちが集まっているようだった。

ひょっとして、昨日俺《おれ》が起こしてしまった騒ぎと何か関係があるのだろうか？　どうしよう、落ち着かなくなってきた。今すぐこの場から逃げて帰ってしまいたい……。

だがその前に、この人だかりは何なのかを知っておくべきだろう。誰か知っていそうなやつはいないか。

きょろきょろと辺りを見渡すと、人だかりの手前に知っている女子生徒がいるのを見つけた。人だかりのせいで校舎に入れず困っているのか、しきりに首をワイパーのように動かして突破口を探しているようだ。昨日のこともあって些《いささ》か話しかけづらかったが、俺はそいつの近くまで行って声を掛けた。

「おはよう、天海《あまみ》。どうしたんだ、これ。何かあったのか？」

「おは……って、べべ、ベア君ではないですかっ、話しかけないでください変態ベア君！」

天海は大げさにびっくりした反応を見せて、プイっと顔を背けてしまった。よく分からないが、まだ怒っているようである。

「昨日は悪かったな、天海。気に障ることをしちゃったみたいで」

「いえ､別に気に障ったわけではありません……ちょっとドキッとしただけです……」

「ん、何て言った？　もう一回言ってくれ」

人だかりがうるさくて最後の方がうまく聞き取れなかった。天海も天海で囁《ささや》くように言ったのが悪い。

「な、何も言ってませんっ！」

天海は頬《ほお》を桃色に染めて強い語気でそう言った。

まったく、昨日に引き続いてこいつの行動はわけが分からないな。

どうフォローしたものかと頭を掻《か》いていると、人だかりの向こうにぞろぞろと男たちが現れるのが目に入った。そこにはステージでもあるのか、人だかりから男たちの上半身が突き出て見える。

「なんだあれは……」

総勢十名ほどの男たちが一列に横並びしていた。迷彩服や陸軍兵士のような服を身に纏《まと》った大中小様々な体型の男たち。制服は着ていないが、全員この学校の生徒だと思う。そいつらが手にしていたのは、大きいものから小さいものまで黒光りした銃の数々。軽々と持ち上げているところから察するに、モデルガンだろう。これからチーム戦でサバイバルゲームでもするかのような出《い》で立《た》ちである。

その中でも一際大きな身体で小太り眼鏡の迷彩服を着た男子が一歩前に出て声を張る。

「吾輩《わがはい》は一年C組の佐東蓮太《さとうれんた》！　このクマ討伐隊《とうばつたい》の隊長であります！　好きな食べ物はイノシシの肉を使った牡丹鍋《ぼたんなべ》、趣味はクマが登場する伝説について調べることであります！　吾輩たちクマ討伐隊は、昨日現れたクマを討伐すべく結成した部隊！　吾輩たちがいるからにはもう安心！　クマに襲われる心配はないのであります！」

軍人を彷彿《ほうふつ》とさせるような、よく通るいい声だった。しかし、そのリーダーが率いるのは、今にもサバゲーを始めそうな風変わりな集団。本気でこんなやつらでクマを討伐しようというのか。

「昨日、こんなことを言った生徒がいたらしいですね。クマが人を襲っている影を見た、と。あの人たちは、その女子生徒の話を聞いて集まった物好き集団なのだそうです」

隣に立っていた天海《あまみ》が独り言のように呟《つぶや》いた。彼女は続ける。

「先生方が駆けつけた時には教室には何もおらず、その後猟友会《りょうゆうかい》の方々や先生方総出でクマを探し回ったそうです。もちろんクマは見つかりませんでしたが、こんなことになってしまったようですね」

「いや、そこまで徹底的に探されて見つかんなかったならここまで信じるなよ……だが、えらいことになっちまったな……」

俺《おれ》のせいで学校中大騒ぎ、変な集団まで結成してしまう事態となってしまった。もう本当に取り返しがつかない。俺は頭を抱えた。

だが、モデルガンならば死にはしないし、さして気に病むこともないだろう。

——ドォン

突如《とつじょ》、空を引き裂く雷のような轟音《ごうおん》が鳴り響いた。

ざわついていた人ごみが、統率されたかのように静まる。

「罠《わな》に掛かっていてクマかと思ったが、ただのトンビか。しかし、これで今晩の夕餉《ゆうげ》が手に入った。よしとするか」

そう言いながら校舎脇の木の陰から姿を現したのは、変わった制服の着こなしの美人な女子生徒だった。背が高く腰がきゅっと締まり、出るところは出た文句なしの体型。切れ長の目に細い顎《あご》は、妖艶《ようえん》な美しさを醸し出す狐《きつね》妖怪の美女を思わせる。闇夜の小川のような漆黒の艶《つや》やかな長髪は、ポニーテールにしてまとめられていた。

それだけならよかったが、そんな美人を台無しにする要素がそこに混在していた。

まず、ブラウスの上にはブレザーのかわりに動物の毛皮と思われるものを羽織っていた。灰色に黒いにじみが入った模様で、オオカミのものに見える。それから、腰には短刀が入っていると思《おぼ》しき革製のホルダー。まだある。正直これが一番酷《ひど》いのだが、その女子生徒は、片手に煙を吹く猟銃を、もう片手にはだらりとした大きなトンビを持っていた。

ついでにいえば、さらにもう一つ残念なことがあった。なんと、こいつは、俺《おれ》たち一年B組の学級委員長だったのである。

「おお鈴木《すずき》氏、さすがであります！　ささ、鈴木氏も一言抱負を！」

佐東《さとう》リーダーに温かく迎え入れられ、ステージへと上がった鈴木と呼ばれた女子生徒。彼女は一つ頷《うなず》くと大衆に向き、咳払《せきばら》いをしてから堂々と声を上げた。

「私は鈴木麗奈《れな》。クマ討伐《とうばつ》隊の一員だ」

あいつもクマ討伐隊なのかよ……。

一同は鈴木の次の言葉を待つ。しかし、鈴木は口を開こうとしない。しびれを切らした佐東が遠慮気味に言った。

「あ、あのぉ、それだけでありますか？」

「それだけだ」

「できればもうちょっとお願いしたいのでありますが……」

「了解した」

鈴木は頷いて、一同に向き直った。

「これは実銃だ」

その手のトンビを見れば分かります……。

「猟友会《りょうゆうかい》から許可は貰《もら》っている。この私も本気で討ちに参るぞ」

鈴木の声は凛《りん》としており、とくに張っているという感じはしないが、三キロメートル先でも聞こえるんじゃないかというほどしっかりした声質をしている。その声で恐ろしいことを述べていた。

猟友会から許可は貰っているだって？　そんなアホな……。俺の記憶が正しければ、確か猟銃を所持できるのは二十歳以上からだったはずだ。一体どうやって猟友会から許可を貰ったっていうんだよ。だが、もしそれが本当なのだとしたら、こいつは本気で警戒しなければならない。いくらなんでも実銃で撃たれたらただでは済まないからな。

先の宣言をきっかけに、また生徒たちから私語が漏れ出した。実銃の音に釣られて、さらに生徒たちが集まってきて賑《にぎ》わいが増す。

「何やら一人だけ本気の人がいるのですが……？」

すっと、わずかに天海《あまみ》が身を寄せて囁《ささや》いてきた。甘い香りが漂ってきそうなんでやめてほしい。ところでこいつ、昨日より態度が少し柔らかくなっていると感じるのは気のせいだろうか。まあいい。それよりも、今の天海の言い方だと、どことなく鈴木のことを知らないように見受けられた。俺はまさかと思って訊《たず》ねる。

「天海……あいつのこと知らないのか？」

天海はもう一度よく目を凝らして鈴木を見つめ、一言。

「……何という名前でしたでしょうか？」

「うちのクラスの学級委員長の鈴木麗奈《すずきれな》だからなっ！　まさか学級委員長まで知らないとは思わなかったぞ！」

「失礼ですね！　顔くらいは見たことがあります！」

「五十歩百歩だわっ！」

さすが天海《あまみ》だ……。もう呆《あき》れるしかない……。

だが俺《おれ》も、鈴木のあんな姿は初めて見た。普段は学級委員長らしく制服をきちんと着こなし、凛々《りり》しい姿勢で生活をしている。多少話し方が硬いと思うことがあったが、それ以外は立派な学級委員長にしか見えなかった。それがまさかこんな一面もあったとは……。

ふと、人ごみのどこからか声が聞こえてきた。

「知ってるか？　あの真ん中の女子生徒、なんでもマタギの孫らしくて、十四歳まで東北の山奥で育ったらしーぜ」

へー、ソウダッタノカー……。

話がぶっ飛びすぎてもう付いていけない。だがこれだけはよく分かった。

──鈴木麗奈は、ガチなハンターだ。

つまり、学校でクマ化すれば討伐《とうばつ》されちまう！　やっぱり今日のところは帰ろう！

「すまない天海、俺、急に体調が悪くなったから……って、あれ」

隣に天海の姿がない。どこに行ってしまったんだ。

辺りを探すと、人だかりの中に天海らしき顔を見つけることができた。実銃の音で後から押し寄せた生徒たちに呑《の》まれてしまったようである。苦しそうに顎《あご》を押し上げて、漂流する遭難者のように人ごみに流されている。

天海はどう見ても困っている。助けるべきだ。

俺は人ごみの中に飛び込んだ。

人を掻《か》き分《わ》けて進んで行く。すると、あともう少しで天海というところで、周りの生徒たちの呟《つぶや》きが耳に入ってきた。

「おい、なんかさっきから少し甘い匂いしないか？」

「おいしそうな甘い香りするよね？」

「ほんとだ！　ちょっとする！」

皆きょろきょろと辺りを見回し、匂いの発生源を探そうとしている。

「天海のやつ、まさか……？」

天海は今、ハチミツの汗をかいてしまってるんだ！　すぐにこの人だかりから出してやらないと！

俺は多少強引に人を掻き分けて天海のもとまで辿《たど》り着《つ》いた。

「おい、天海！　大丈夫か！」

「べ、ベア君……はぃぃ、大丈夫です」

天海《あまみ》は見るからに暑くて辛そうだ。軽い熱中症を起こしてるかもしれない。かわいそうに。生徒たちに囲まれ挟まれ、熱気にあてられてしまったのだろう。

「うっ、ハチミツの香り……っ！」

天海に近付いた途端、濃厚な甘い香りが鼻を襲ってきた。急いで鼻をつまむ。

「今すぐこの人だかりを出るぞ……！」

「は、はい……」

天海の手を掴《つか》もうとした時だった。天海がよろめき、後ろにいた生徒の足を踏んづけてしまった。

「っ！　す、すみませんっ！」

急いで足を退《ど》け、振り返って謝る天海。しかし、相手が悪かった。天海が足を踏んでしまった相手は、赤い髪をツンツンに立てた、見るからに気性が荒そうな男だった。ネクタイを着けていないので学年が分からないが、おそらくは先輩だ。身長は男子の平均の俺《おれ》よりも少し高いくらいか。猛禽類《もうきんるい》を思わせる目付きをしている。そいつを見上げる天海からしたら、彼の威圧感は相当なものだろう。

「いってーな」

赤いツンツン頭の先輩が天海にガンを飛ばす。隣に立っている俺からしてもかなり怖い。

　威嚇するような先輩の声でただ事ではないと察した周りの生徒たちが気まずそうに距離をとり、天海と先輩を取り囲むようにして人垣ができた。

「てめ、今足踏んだよな？」

「………………」

　天海は先輩の威圧感に委縮してしまって声も上げられないようだった。よく見ると足が小刻みに震えている。

　助けなきゃ！　反射的に体が動いた。

「訊《き》いてんだから答えろよおいっ！」

「ちょっと待ってください先輩！　こいつも悪いと思ってますし！　そのへんで許してやってください！」

　天海と先輩の間に割って入った。鼻をつまんでいたせいでヘリウムガスを吸ったようなへんてこな声になってしまったが、この際仕方ない。怖くてたまらないが、どうにか愛想笑いを作る。

「あぁ？　てめぇ、鼻塞《ふさ》いでふざけてんのか？」

　先輩が怒りを強めたようにぐっと距離を詰めてきた。頭の上に猛禽類のようなギロリとした目がある。すげーこわい。でも鼻から手は離さない。

「ふ、ふふふ、ふざけてなんてないですよ！」

俺《おれ》は恐怖のあまり呂律《ろれつ》が回らなかった。それに対し、さらに憤りを増した先輩が俺の胸倉を掴《つか》み上げてきた。それでもやっぱり俺は鼻から手を離さない。

「やっぱてめぇふざけてっ…………なんだかすげぇ甘い匂いが……」

先輩が声を荒らげようとした……が、鼻をひくひくと動かしたかと思うと、唐突にその表情が緩み、俺を放してくれた。

「……あ、いや、それよりもお前」

先輩が天海《あまみ》を見た。気に掛けるかのような優しい顔をして訊《たず》ねる。

「怪我《けが》はないか？　具合悪そうだな、鞄持《かばんも》ってやろーか？」

この二人はたぶん初対面だ。それにもかかわらず、ここまで親切な対応。そうなるまでの豹変《ひょうへん》っぷり。一体今の一瞬で何が起こったんだ？

天海は敵意の消えた先輩を前に安堵《あんど》の息を吐《つ》き、俺を見るなり目を真ん丸くした。

「ベア君、耳が……！」

頭に手を触れると、モフ、モフと、そこには柔らかい毛に覆《おお》われた二つの感触があった。

「っ!?」

まずい、クマ化してしまっていた！　鼻をつまめば大丈夫というわけではないのか！

クマの耳を両手で隠し、天海に顔を寄せて小声で話す。まつげの本数が数えられるほどの距離で綺麗《きれい》な顔を見つめ、ちょっとドキドキしてしまう。

「天海、昨日話した協力関係、今だけでもさせてくれないか……っ！」

「協力関係って……そっ、そんなの嫌に決まっていますっ！　私の体をベロンベロン舐《な》め回《まわ》すということでしょう！　そんなの破廉恥《はれんち》です！　変態のすることです！」

　天海はぶんぶん首を横に振った。

　しかし、これは天海のハチミツを舐めるためのチャンス……じゃなくて、互いがこの危機を無事に乗りきるためのチャンスなんだ。

「頼む天海っ！　このままじゃ俺もお前も危ない……っ！」

「うぅ……わ、わかりました……では五分間だけ私に触れることを許します……」

　天海は不服そうに頷《うなず》いた。

　俺はさっそく天海の手を掴み、姿勢を低くして生徒の間を縫《ぬ》うように進んだ。この人ごみを抜け出さなければ、天海の汗を舐めるわけにもいかないからである。

　生徒の壁をすり抜けるたびに、クマの耳かハチミツの香りがバレてしまわないかという恐怖に胸が縮む思いがする。

　しかし、人ごみを抜けるまで、あと五歩足らず。よし、あとちょっと。

　……三歩、二歩……抜けた！

　新鮮で涼しい空気を肺いっぱいに吸い込む。天海も膝に手を突いて肩を上下させている。

　皮肉にも、クマ討伐《とうばつ》隊に生徒たちの目が向いていたおかげで、気付かれずに抜けることができたようだ。何はともあれ本当によかった。あとは安全なところにうまく隠れられれば、二人とも助かる。

ぐるりと見渡し、隠れられそうな場所を見つけた。

「天海《あまみ》、体育館裏に行くぞ」

天海の手を引き、できるだけ目立たぬように体育館裏を目指す。と、その時、人だかりの奥、クマ討伐《とうばつ》隊一行の中で何かがぎらりと光ったのが見えた。心臓が氷水に浸《つ》けられたようにぞっとする。

「伏せろっ!!」

俺《おれ》は咄嗟《とっさ》に天海の背中をぐっと押し下げ、いっしょに自分も伏せた。

しかし、何も起こらない。ひょっとして、俺の思い違いだったか?

そう思いつつも、伏せたまま少し顔を出し、クマ討伐隊の方を窺《うかが》う。

「……確かにそこにえらく細身のクマがいた気がしたが……」

人ごみの奥からひょっこり胴体を見せ、塔の上の看守のごとく鋭《するど》い眼差《まなざ》しで辺りを見回す鈴木《すずき》の姿があった。

おそらく、俺が見たのは鈴木の猟銃か何かの反射光だろう。あと一瞬気付くのが遅ければ鈴木の猟銃が火を噴いていたかもしれない。

ぼんやりしてたら本当に撃たれてしまう。今すぐこの場を離れよう。

俺たちは姿勢を低くしたまま速やかに近くの植え込みに姿を隠し、それを渡り継いで体育館裏を目指した。

植え込みと植え込みのわずかな隙間が鈴木に見つかってしまいそうで怖かったが、警戒を解かずに進み、どうにか体育館裏まで辿《たど》り着《つ》くことができた。ここは校舎側からは体育館の陰となり、正門からは桜の木々によって見えづらくなるという場所だ。俺は緊張を和らげた。

「ふぅ……ここなら大丈夫か……？」

「いっ、いいから早くしてください。ここは部活動をする生徒がよく通るところですっ」

天海は体育館の壁に背を預け、早口にそう言った。

唯一の懸念《けねん》とすれば、ここはグラウンドと部室棟を結ぶ道であるということ。だからもし部活をしようとする生徒がいたとしたら鉢合わせしかねないのだが、今日に限ってそれは心配いらないだろう。

「昨日クマ騒動があったばかりなのに、まさかそれでも部活をしようなんてやつがいるはずないだろ」

「それは……そうかもしれませんが」

俺は天海の前に立つと、彼女のブラウスの襟《えり》をそっとずらした。彼女の白くてすべすべの胸元の肌にきらりと琥珀色《こはくいろ》に輝く汁が見えた。

服に触れた俺《おれ》の手は、真黒な毛に覆《おお》われ、鋭《するど》い爪《つめ》が伸びている。今の俺は、人間というよりほとんどクマにしか見えないと思う。

「はっ、早くしてくださいっ」

わずかでも服がはだけられたからか、天海《あまみ》が恥じらいに顔を真っ赤にして背けた。そのおかげで喉元が露《あら》わとなる。そこにも彼女は汗をかいていた。

舐《な》めやすくなったその場所に、俺はさっそく舌を這《は》わせた。

「ひゃんっ!!」

天海が子犬の鳴き声のような高い声を上げた。

「どうした、天海？　痛かったか？」

「いっ、いえっ、痛いと言いますか何と言いますか……もうっ！　ベア君！　いいから早くしてください！」

バシッと一発腹にストレートを食らわせてきた。クマ化して毛や筋肉が厚くなっていることもあって痛くなかったが、またも理解できない天海の行動に俺はお手上げだった。

って、今は天海の言う通り早く舐めないとな。

「じゃあ、もう一度舐めるぞ」

天海が顔を背けて頷《うなず》く。

彼女の喉元に、俺はゆっくり舌を乗せた。その途端、もう出会えないと思った甘味《あまみ》が口

いっぱいに広がる。思わぬ再会に涙が出そうだ。

止まらない。もっと舐《な》めたい。

俺《おれ》は天海《あまみ》の首や胸元で舌を躍らせ、次々に舐め取っていった。昨日よりも速いペースで味わっているからか、満足するまでが早そうだ。

ハプニングが招いたことだが、一目惚《ひとめぼ》れしたハチミツとのせっかくの再会の場である。天海のハチミツを舐めきるまであと少し。大事にいただくとしよう。

……ぺろり。

「……〰〰〰んぅっ」

最後の一舐めを終え、俺の体から獣らしさが抜けていく。

やはり天海のハチミツを満足するまで舐めきることで俺のクマ化を解くことができるのだ。そのことは揺るぎないまでの確信となった。

ともあれ、これで二人とも危機を脱した。早いところ校舎の方へと向かおう。こんなところに二人でいるのを見られたらあらぬ疑いを掛けられてしまいそうである。

「さあ天海、そろそろ……――」

クマ化が完全に解けたところで天海に「帰ろう」と言おうとした時だった。

「さっ、桜《さくら》、何してるの……っ？」

不意に横から声が飛んできた。

「な……っ⁉」

俺は心臓が飛び跳ね、声のしたほうへ顔を向ける。

そこに立っていたのは、体操服姿の女子だった。部室棟側から来たということは、まさか部活でもやっていたのか。いや、今はそんなことはどうでもいい。俺たちは、見つかってしまったのだ。それもどうやら、天海のことを知っていると思われる生徒に、である。

体操服の女子は、俺たちのことを目を皿のようにして見つめている。よほど衝撃的な光景を目にしてしまったのだろう。その顔を見れば、おおよそどんな光景を目の当《ま》たりにしてしまったか予想がつく。半獣が天海の体を舐めて人間の姿に戻る場面、とか……。

「楓《かえで》……これは、そのですね……えっと」

目を見開く女子生徒に向かって、天海が声を漏らした。その表情は、焦りや不安、動揺、困惑、いろいろなものがミックスされている。

そんな彼女に追い打ちをかけるように、楓と呼ばれた少女が動揺の声を上げた。

「こっ、これは一体、どういうことなの……桜っ？」

天海と秘密の共有をしてから二日目にして、早くも二人の秘密が学校で第三者に見つかってしまったのだった。

第二話　ハチミツとメイプル

「これは一体、どういうことなの……桜《さくら》っ？」

天海《あまみ》に楓《かえで》と呼ばれた少女は、怪訝《けげん》そうな顔で天海を見た。

楓は、活発そうな見た目の可愛《かわい》らしい女の子だ。すらりとした体型で、ライトブラウンのゆるふわ髪をボブカットにしている。すっと通った鼻や小振りながらもふっくらした唇《くちびる》は何となく天海に似ているような気がするんだが……いや、今はそんなことよりも、こいつに俺《おれ》と天海の秘密が見られたことを気にするべきだ。でも、どう事情を説明する。天海の時のように一から全部を話すか？　だが、何から話せばいい？

「ね、ねえ」

混乱する俺の前で、ようやく最初の衝撃が治まってきた様子の楓。彼女が徐々に顔を紅潮させつつ、しどろもどろの言葉を吐《は》き出す。

「い、いい、今っ！　明らかにその男が桜のことを舐《な》めてたわよねっ！　い、一体あんたたちどんな関係なのよっ！　恋人同士なのっ⁉」

「断じて違う‼」「断じて違います‼」

俺と天海が恋人同士だって⁉　そんなわけない。昨日ようやくちゃんと話したような仲だぞ。ほら、天海だって絶対不機嫌そうな顔になってるはず……って、あれ。

「大丈夫か、天海？　顔が赤いぞ？　もしかしてまた熱中症になったんじゃ……」

「だ、大丈夫ですっ！」

天海の額に手を触れようとしたら叩《はた》かれてしまった。でも本当に大丈夫だろうか。顔が赤いだけでなく、俯《うつむ》いて両手を前で組んでもじもじとしている。何か苦しいのを我慢しているのではないかと心配だ。

「で、でもっ……違うならむしろなんで舐めてたのよっ⁉」

興奮気味の楓が身を乗り出して訊《き》いてきた。家族に起こった事件でもないというのに、そんなに大事なことだろうか。

それにしても、さっきからこいつは俺が天海を舐めたことばかりに着目していて、俺が半分クマから人間に戻ったことには全く触れようとしないな。クマ化したところは見られてなかったのか？　うん、この様子ならきっとそうだろう。ふぅ。

「ねえ答えてよ！　どうして舐めてたのっ⁉」

楓がギロリと俺を睨《にら》み付《つ》けて、強い言葉をぶつけてきた。顔がモミジのように色づいて、眉《まゆ》を吊《つ》り上《あ》げている。よくわからないが怒っているようだ。

「こっ、これはですね、楓っ！」

天海が声を上げた。楓が天海の方に強い眼差《まなざ》しを向けると、天海は目を背けてどもりつつ話し始めた。

「そ、その……わ、わわ、私が貧血で倒れそうになったのをこの人が介抱してくれていたのですっ！　見間違いですよっ！」

「え、貧血？　そ、そうなの？」

キョトンとする楓《かえで》。しかし、すぐにまた眉《まゆ》を吊《つ》り上《あ》げた。

「そんなこと言って、あたしを騙《だま》そうとしてるのねっ！」

「ち、違います！　騙そうだなんてそんなことありません！」

「さあ、どうだか。しっかりと舐《な》めていたように見えたけど？」

「で、ですから貧血で——」

「ふん。まあ、いいけど」

楓は桜《さくら》の弁明を遮《さえぎ》って、くるりと背を向けて、校舎の方へと歩き出す。

「あんまり学校で変なことしないでよね。あたしまで変な目で見られちゃうんだから」

去り際、楓がそう言い残していった。その顔から動揺の色はもう完全に抜け、ちょっと冷たいとも思える目付きだった。

「ごめんなさい……気をつけます、楓」

遠くなっていく背中に天海《あまみ》が言った。聞こえたとは思えないが、それでもしっかりと気持ちを込めて言い切ったように感じる。その顔は、悲しく寂しそうなものだった。

天海と楓という少女の間には、深い溝があるようだ。そしてその溝は、桜を苦しめる種となっているのかもしれない。そう思いながら、楓の後ろ姿を見送ったのだった。

◇◇◇

その後、俺《おれ》たちは教室に入って授業を受けた。

俺は授業には全く集中できず、頭の中で天海と楓のことについて考えていた。天海には訊《き》き忘れてしまったが、二人は一体どのような関係なんだろう。

天海が男に舐められれば、怒ってその男を問い詰めるようなやつだ。ただの知り合いでもないと思うんだが……。

ん、そういえば、何か忘れているような気がする。何かすごく大事なことを……。

「あぁっ!!」

思わず声を上げてしまった。教室の一同が俺に注目する。俺は頬《ほお》が熱くなるのを感じた。

「どうした、阿部《あべ》？　大丈夫か？」

五十歳くらいの男性教師が目を丸くしていた。

「大丈夫です……すいません」

「そうか。てっきりクマでも見つけたのかと思ったぞ。驚かすな、阿部」

クラスメイト達から笑いが起こった。

ははは、笑えねぇ……ほんとに笑えねぇよ。楓《かえで》には結局、天海《あまみ》を舐《な》めていたことのフォローが何もできてないんだからな。これでは俺《おれ》は、女子を舐める変態として噂《うわさ》されてしまうかもしれない。

あの時は天海が具合悪そうにしていたし、楓のことでひどく落ち込んでいるようだったから、そのことを気に掛ける余裕がなかった。

やばい。本当にやばいぞ……！

教室に入った楓が、誰かに「ねえ、女子をペロペロ舐める変態の話って知ってる？」なんて誰かに話しでもしたらどうなる？　あっという間に俺は、学校で変態のレッテルを貼られることになるだろう。桜《さくら》だって危ない。変態行為を容認していたとして、同じ目で見られてしまうかもしれない。

これは可及的速《かきゅうてきすみ》やかに手を打たなければいけないぞ。だが俺はあいつのクラスすら知らない。まずは天海から情報を聞き出さないと。くそ……早く授業終われ……！

キーンコーンカーン……

授業の終わりを告げるチャイムが鳴ると、教室の生徒たちが一斉に騒ぎ出した。購買へ走る者がいれば、友達と机を合わせて弁当を広げる者もいる。授業中喋《しゃべ》りたくて堪《たま》らなかった生徒たちが合唱するように一斉に口を開いていた。

俺はさっそく楓のことについて聞こうと思い、天海の席の方に目を遣《や》った。

「……って、あれ？」

しかし、そこに天海の姿はなかった。一体どこに消えたんだ……？

きょろきょろと見回すと、スクールバッグを抱え、教室の前の戸から出て行こうとする彼女の後ろ姿を見つけた。

まさか帰ろうっていうんじゃないよな!? ったく、こっちは一大事だっていうのに！

俺は何も持たずに席を立ち、すぐさま天海の後を追った。

購買へ急いだり、別の教室で弁当を食べようとしたりする生徒たちでごった返す廊下。その中をどうにか天海の頭を見失わないように進み、ある場所に辿《たど》り着《つ》いた。

「ここか……？」

教室が並ぶ階からさらに上にあがり、俺は一つの扉の前に立っていた。

所々錆《さ》びが目立つ、厚い鉄の扉。その扉のすりガラスから差し込む穏やかな光によって、昼休みの喧騒《けんそう》に包まれた下の階へ繋《つな》がる階段がほのかに照らし出されていた。

ここへ天海が上って行くのが見えたから、あいつはたぶんこの奥にいる。

ドアノブを握り、扉を開けた。すると、開いた隙間から強い風が吹き抜け、眩《まばゆ》い光が目に飛び込んできた。すぐに光に目が慣れ、景色が見えてくる。

コンクリートの床が広がっている。テニスコート二面分はありそうなその敷地は、フェンスに囲まれているばかりでこれといって物がなく殺風景だった。屋根がなく、水色の空が見える。どうやらここは、屋上のようだ。今日は涼しいくらいの気温だから心地がいい。風が吹いていないこともあり、とても静かだった。

よく見ると、奥に一つだけベンチがあり、そこに見覚えのある背中が腰かけている。

「屋上への立ち入りは禁止だったと思ったが？」

「べ、ベア君っ。どうしてここにっ⁉」

ベンチに腰掛けていた天海《あまみ》がびくりと体を震わせ、驚愕《きょうがく》に目を見開いて振り返った。

天海は膝の上に弁当箱を広げていた。隣には、大量のお菓子やパンなどが置いてある。

教室を出る時に抱えていたバッグの中にはこれが入っていたのか。まさかこれ全部を食べようと言うのだろうか……。

驚きと呆《あき》れに言葉を失う俺《おれ》を前に、天海の顔が見る見る赤くなっていった。

「天海、大丈夫か？　まだ熱中症っぽいのか？」

「だ、大丈夫です！　何でもありませんからっ！」

「だが、お前は体が弱いし……」

「え、あ……」

天海が不思議そうな顔をし、すぐに何かに気が付いたように言った。

「もしかしてベア君、私が体弱い設定をまだ信じているのですか？」

「は？　設定？」

「体が弱いと言っていたのは、体育などの運動を休み、汗をかかないようにするためです。本当に体が弱いというわけではありません」

「そうだったのか……」

「そ、それよりも、さっきの質問に答えてください。どうしてここに来たのですか？　まさかつけて来たのですか？　そ、そそ、そんなに私のことが好きですかっ！」

天海が今にも火が吹き出しそうな顔で、捲《まく》し立《た》てるようにそう言った。

天海の顔が赤くなったことに気を取られてしまっていたが、俺はここに来た理由を思い出した。

「そうだ、天海！　聞いてくれ！」

天海の前まで回り込み、俺たちが直面している危機について話した。すなわち、俺たちに変態の烙印《らくいん》が押されてしまうかもしれないということである。

「だから天海、そのことをどうにか誤魔化《ごまか》したいから、楓《かえで》のクラスと昼休みに行きそうなところを教えてくれ！」

話し終えると、なぜか天海は不機嫌そうな顔で次々に弁当のおかずを口の中に詰め込み始めた。

「……もうっ、追いかけてきたと思ったらそんな理由ですか（もぐもぐ）……まったくっ、

「昨日の告白は何だったのですかまったくっ、まったくっ（もぐもぐもぐもぐ）……」

ムスッとした顔で、咀嚼《そしゃく》しながらぶつぶつと何か呟《つぶや》いている。

天海《あまみ》のやつ、どうしたんだ……？　いきなり機嫌が悪くなったようだが……。

何を言えばいいのか困っていると、天海は苛立《いらだ》たしげにフェンスの向こうを見て言った。

「楓《かえで》の居場所が知りたいのなら、そこです」

フェンスの向こうに目を向けると、そこには日夏《ひなつ》市の街並みが広がっていた。小山の頂上にあるだけあって見晴らしがいい。遠くの海までよく見える。こうして見ると、特に高い建物とかはなく、所々に緑が見え、なかなかの田舎っぷりを実感させられる。

しかし、そこと言われても、どこか分からない。もう一度天海に目を向け、彼女の視線がその景色に向いていないことに気が付いた。もっと下だ。

そこには、日夏高校のグラウンドがあった。グラウンドは、昼休みが始まったばかりというだけあって人っ子一人いない……と、思われたが、違った。ぽつりと一人だけ、トラックを走る体操服姿の女子生徒がいたのである。その髪色髪型にはよく見覚えがあった。

「あれ、楓じゃないか」

「ですから、そう言っているではないですか」

天海がため息を吐《つ》いてそう言い、バサッとメロンパンの袋を開けていた。

あれ、弁当はどうしたんだ？

見ると、ベンチには空っぽになった弁当箱が置かれている。

もう食べてしまったのか……。こいつの食欲は凄《すさ》まじいな。

恐れをなす俺《おれ》を後目《しりめ》に、天海はぱくぱくとメロンパンを齧《かじ》っていった。

ん、待て。こいつの顔、誰かに似てないか。……ああ、そっか。

「お前と楓って、双子なのか？」

訊《き》くと同時に、天海がメロンパンを前に大口を開けた状態で、停止ボタンを押されたように静止した。そして、ぴくりと眉《まゆ》を動かし、アホを見るような目になった。

「そうですよ、楓は双子の妹です。一卵性ですし、普通すぐに気が付くと思いますが？」

俺は、ふん、と鼻を鳴らして言う。

「さっきは焦ってて気付かなかったんだよ。それに、半分はクマなせいか、人の顔を見分けるのが苦手なんだ」

「ベア君はやっぱりクマなのですね。今度から気を遣うようにします。あ、ベア君。サケを獲《と》りたいからといって、いきなり川に飛び込んではダメですよ？　変な人に見られてしまいますからね」

「お前な……」

天海は俺をからかい、口元に手を当てて楽しそうに笑った。そして、メロンパンをぱくぱく平らげ、今度はチョココロネにかぶりついた。よく味わいながら口元に付いたクリームを指で取り、ぺろりと舐《な》め取って静かな声音で言う。

「その双子の姉から言わせてもらいますが、楓《かえで》は、ベア君が私を舐めていたからってそれを人に言いふらすような子ではありません。ですから安心してください」

「そうとは限らないだろ。いいからあいつのことを色々教えてくれ」

「え、色々ですか……?」

天海《あまみ》はチョココロネも食べ終えていたのか、小さなチョコレートの包みを開けているところだった。そして、開けようとしたまま固まってしまった。目を左右に動かし、絞り出すように言う。

「え、えっと……楓は1年A組、陸上部、茶色の髪をしたとても可愛《かわい》い美少女で……」

「自分と同じ顔したやつをとても可愛い美少女とか言っちゃうんだな……。うんうん、それで?」

「えっと……えっと」

天海は言うことを探そうと必死に考えていた。今にも頭から湯気が出てきそうだ。まさか、自分の妹のことなのに、これしか出てこないというのだろうか。

「もっと他にないのか? 何か、口止めをするために役立ちそうな情報とか?」

「えっと、えっと、えっと……」

天海は目をぐるぐるさせ、言葉を探してきょろきょろとしていた。それからぎゅっと目を瞑《つぶ》り、噴火した。

「もぉ！　そんなに言うのでしたら自分で調べてくださいっ!!」

「ええー……」

そんなのってありかよ……。

「もしかして天海、妹にまで学校のやつらと同じような態度を取っていて、本当は何も知らないんじゃないのか？」

「そ、そんなことはありませんっ！」

反発したが、天海はその額にきらりと汗を浮かべていた。一目見て図星だと分かった。外にいるせいで香りが分散し、ハチミツを嗅ぎ取ることはできなかったが、自然と口の中によだれが吹き出すのを感じた。

舐めてやろうかと提案する前に、大した量ではなかったからか、天海は胸ポケットからウェットティッシュを取り出すと自分の額に当てて拭《ふ》いてしまった。せめてそのティッシュが欲しい。

俺《おれ》の物欲しそうな目に背を向け、天海は誤魔化《ごまか》すかのように言う。

「……そんなに楓のことが知りたいなら、自分で調べてきてください。あと分かったことを私に報告してください」

「それ自分が楓のこと知りたいから俺を使って調べようとしているだけじゃないのか？」

天海《あまみ》はぎくりと肩を震わせ、また額に汗を浮かべた。どこまでも分かりやすいやつである。ウェットティッシュでさっと汗を拭《ふ》きとると、それを俺《おれ》の方に突き出して言う。

「そっ、そんなこと言うと、この私の汗をたくさん含んだティッシュを捨てちゃいますよっ！　いいんですねっ⁉」

「あぁあああ待て！　ティッシュに罪はない！」

「では、これをあげますから調べてきてくださいっ！」

ぐぬぬ……天海め、それをもってくるとは卑怯《ひきょう》だ。条件を呑《の》まざるを得ないじゃないか！　たかがティッシュ、されどティッシュ！　天海のハチミツがたっぷり浸《し》み込んだそのティッシュに、いったいどれほどの価値があると思っているんだ！

楓《かえで》が見たことについてバラそうとしないか見張り、口止めをするついでだ。

「わかった。調べてきてやる……！」

だが、このままだと、この手口でずっとこき使われるようになるかもしれない。そうならないためにも、天海とは対等な立場でいる必要がある。

俺は天海からウェットティッシュをバシッと受け取りながら言う。

「そのかわり、だ！　調べてきたら昨日提案した協力関係を呑むと約束してくれ！」

「さあ。それはベア君の働き次第ですね」

天海は悪戯《いたずら》っぽい笑みを浮かべてそう答えて、チョコレートの包みを開けて一つ口の中に放り込んだ。口の中でゆっくりとチョコを溶かしつつ言う。

「雨が降らない限り私は毎日ここでお昼を食べます。報告、楽しみにしていますよ」

俺はその後すぐに教室に戻り、楓の調査を開始した。

一三《ヒトサン》：二〇《フタマル》……教室で弁当を掻《か》き込みながら、窓からグラウンドを観察。走るのを終えた楓が部室棟の方へと戻って行く姿を確認した。その後、五限目の授業が開始する三分前になって、ようやく楓が教室に戻った。その髪型はツインテール。どうやら彼女は普段その髪型で過ごしているようである。廊下から中の様子を窺《うかが》ったが、クラスメイトの女子と楽しげに話をしているだけで、変態なやつがいることについて話す様子はなかった。また、変態の噂《うわさ》が広まっていない故、未《いま》だ今朝のことは露呈《ろてい》されていないと思われる。一安心。
一四《ヒトヨン》：三〇《サンマル》……五限目と六限目の間の休み時間。この時間も楓は友人たちと笑顔でお喋《しゃべ》りをするだけで、俺のことについて話そうとするような動きは見られなかった。

六限目の授業を受けつつ、俺はここまでの調査結果をノートにまとめていた。

楓が昼休みの間、弁当を食べている姿を見なかったのだが、早弁でもしているのか。まあ、いい。それよりも、一つ意外だったのが、楓の交友関係だ。楓は、教室に入れば常に友人に囲まれるほどの人気者だった。てっきり、楓も天海と同じで人を寄せ付けないタイプなのかと思ったが、そうではなかったらしい。
っと、もうじき授業が終わる。
俺《おれ》は急いで帰り支度を整え、終礼のチャイムが鳴ると同時に席を立った。
よし、放課後も頑張ろう。

一五《ヒトゴー》：四〇《ヨンマル》……六限目の授業を終えた楓《かえで》は、チャイムが鳴るなり、すぐに部室棟へと向かった。
一五《ヒトゴー》：五〇《ゴーマル》……部室棟で体操服へ着替えた楓は、グラウンドで陸上部の活動を開始。種目は中長距離。しかし、他の中長距離専門の生徒とは別の、もっとハードな練習メニューをこなしているようだ。それだけ彼女の実力が高いということなのだろう。
一八《ヒトハチ》：〇〇《マルマル》……部活動を終了した楓は、制服に着替えるために部室棟に入った。練習時間は二時間十分、その間に彼女が走った距離はウォーミングアップやクールダウンも合わせて十五キロに及んだ。

……と、ここまでが放課後に調べた成果である。グラウンドの木の陰に隠れている時に、何人かの生徒たちに不審がるような目を向けられたけれど、仕方ない。すべては、俺と天海《あまみ》が変態と呼ばれないため。そして、天海と協力関係を結ぶためだ！

完全下校時刻を知らせる鐘が鳴ると、俺は楓を自宅まで尾行するために、正門の陰に隠れて待ち伏せした。すると、五分と経《た》たない内に、部活動を終えた生徒たちがぞろぞろと流れ出てきた。その波の中に楓を捜そうとするが見当たらない。

その代わり、変な集団が出てきた。

「今日は初めてにしてはいい訓練であったのでありますな！」

よく通るテノールボイス。それは、つい今朝にも聞いた声だった。クマ討伐《とうばつ》隊リーダー、佐東《さとう》の声である。つまり、その集団はクマ討伐隊。よく見ると鈴木《すずき》の姿もあった。

ところで佐東は今、訓練と言ったか……？　たぶん、クマ（俺）を倒すための訓練だよな。そう思うとぞっとするが、一体何してんだ……？

鈴木は制服の上に今朝と同じく変な毛皮を着込み、背中には猟銃を担いでいる。あの猟銃も訓練で使ったのか？　本格的なことをやっていそうで怖い……。

鈴木は腕組みをし、満足げに頷《うなず》いた。

「うむ、皆《みな》頑張っていたと思うぞ」

「どうするでありますか、この後皆で、どこかへ食事にでも行くというのは！」

佐東の嬉々《きき》とした声。鈴木も乗る。

「名案だな、佐東君。ならば例の、鹿や猪《いのしし》の肉を振舞う『山賊屋』へ行くのはどうだろう？」

「紅葉《もみじ》に牡丹《ぼたん》鍋！　大変よいであります！　クマ討伐隊ということで、食べながら、クマが登場する伝承や物語について語り合うのはどうでありますか！」

「うむ、よいな。久しぶりに語り合おうではないか」

よくわからないが、仲良くやっているようだ……。それなら、そのまま訓練して外食するだけの部隊でいてほしいぜ……。

つい、クマ討伐《とうばつ》隊の姿が見えなくなるまで固唾《かたず》を呑《の》んで目で追ってしまった。

いけない。佐東《さとう》たちに気を取られている内に、多くの生徒たちが正門から出てきていた。

俺《おれ》は慌てて生徒たちの中に楓《かえで》がいないか確かめる。するとちょうど、何人かの女子生徒に囲まれて笑顔でお喋《しゃべ》りしながら正門から出てくる楓の姿を捉えることができた。

「それにしても、朝会った時とはまるで別人だな」

楓は太陽のような笑顔をしていた。ただでさえ整った顔立ちをしているのだが、笑顔はその素材をより一層輝かせている。この多くの生徒の中でも、その笑顔はよく目立った。

「天海《あまみ》もそうだと思ったが、この姉妹、笑ったら可愛《かわい》いんだけどな……」

ひとりごち、友人たちと帰路に就く楓の尾行を開始した。

帰り道、彼女たちの会話は一向に絶えることがなかった。楓が友人たちと別れるまでの十数分間、ずっとだ。俺だったら、この会話をするだけで疲れ果ててしまいそうである。

しばらく歩くと、川沿いの堤防道に入るY字の分かれ道に当たり、そこで楓は友人たちと別れてようやく一人になった。本当は楓のことをもっとよく知ってからにしようかと思ったが、家に帰らせたら見張ることもできなくて怖い。今がチャンスだ。口止めについて話をしに行こう。

「おい、ちょっといいか」

ウェーブがかったツインテールをくるりと回して、楓は振り返った。たったそれだけの動作でも、つい見とれてしまうものがある。もうだいぶ陽《ひ》が沈んでしまっているが、白い肌やライトブラウンの髪は薄《うっす》ら発光しているようだ。肩に掛けたスクールバッグの持ち手を持つ手やスカートから覗《のぞ》く足はほっそりとしていて華奢《きゃしゃ》な印象を受ける。

楓はさっき友達と談笑していた時とは打って変わって、嫌悪感たっぷりに目元を歪《ゆが》めた。

「あんたは確か今朝の……。桜《さくら》を舐《な》めてた変態でしょ？」

やっぱり変態認定されてたか、これは早急《さっきゅう》に口止めをしたほうがいいな。ついでに天海との交換条件も何とかしないと。そっちも大事だ。

「楓、いきなりだが一つだけ頼みごとを聞いてくれ」

「は？　頼みごと？」

楓は訝《いぶか》しそうに眉《まゆ》を顰《ひそ》め、首を傾《かし》げた。

「少し話がしたい。お前のことを教えてほしいんだ」

「何よそれっ！　きもちわる……っ！」

楓は心底不快そうに顔を歪めた。俺に興味を持たれたことが相当嫌だったのか……。

地味に傷付いたが、耐えた。ここで帰ったら、口止めもできなければ天海《あまみ》との協力関係も結べない。

「いっ、いいから話をしようぜ。そうしたら今後は関わらないから。な？」

「な？　じゃないわよっ！　嫌に決まってるじゃない！　何なのよいきなり！」

楓《かえで》は声を荒らげてそう言い、踵《きびす》を返して淡々と続けた。

「あたしはこれから帰ってもうひとっ走りしなきゃなんないの！　忙しいからどっか行って。じゃあさよなら！」

「まだ走るのか⁉」

驚いた。楓は昼休みや部活動の時間を始終走り通していたというのに⁉　この練習量はどう考えても尋常じゃない。楓のタフさはある意味俺《おれ》より化け物じみているぞ……！

「いいでしょべつにっ！　あたしにもう構わないでっ」

怒ったようにそう言い捨てて、楓が歩きだした。よほど俺から離れたかったのか、歩いているのに、その背中は見る見る小さくなっていく。俺は速足でその後を追いかけた。

「おい、待ってくれよ」

「なんでついて来るのよっ！」

「お前のことが知りたいからだよ！」

「あんたみたいなストーカーと話すことなんて何もないわ！　早くどっか行って！」

楓は苛立《いらだ》ちを動力に変えるようにして歩調を速めた。俺も置いて行かれないように足に力を込める。それを見た楓がさらに速度を上げた。そんなようにして俺たちはどんどん加速していき、いつの間にか全力に近いペースまで達していた。

運動部に所属してない俺はあっという間にバテてしまった。しかし、楓にはまだまだ余力があるようだ。このままでは置いて行かれる。

「おーい、かえ……楓ー、お話しよーぜ……ハァハァ」

「ちょっ、なんで興奮してんのよっ！」

興奮？　いや違う。息が切れてしまっているせいで、ちゃんと喋《しゃべ》れないだけだ。だが何《な》故《ぜ》だろう。言われてみれば確かに、心がわくわくで満たされていく感じがして、自然と笑みがこぼれてしまう。

楓は若干怯《おび》えたように体を竦《すく》ませ、振り向くことなく叫んだ。

「キモイ！　ついてこないで！　気安く名前で呼ばないでよヘンタイ！」

「じゃあなん、て呼べば……ハァハァ、楓ちゃん？」

「いやぁああああああああああああ」

楓ちゃんは却下か。じゃあほんと何て呼べばいいんだよ。

「もうやめてよっ！　ほんとにやめてっ！　こわいよっ！　きゃぁあああああああ!!」

今にも泣き出しそうな楓が金切り声を上げて逃げた。

じきに夜の帳《とばり》が降りる、人通りがまるでない堤防道。そこを逃げ惑う少女を見ると、どうしてか、無性に追いかけ回したくなった。

心の内から湧き出る、何かの衝動。それに突き動かされる。

「待てって……ハァハァハハはははっははははっは！」

俺《おれ》のテンションは一気に頂点まで上り、気が付けば息を切らしつつも笑っていた。

なぜか心がウキウキする！　楽しくてしょうがない！

そういえば、クマに遭遇してしまった時にやってはならない行動が三つある。

①大きな音を立ててはいけない。②死んだふりをしてはいけない。そして、あともう一つは、③背中を向けて走って逃げてはいけない、だ。なんでも、背中を向けた相手を襲う習性が、クマだけにとどまらず多くの獣に備わっているかららしい。

今の俺はまさにその状態。逃げていく背中を追いかけたくてどうしようもない！

「かえでちゃーん！　まってくれよぉ！」

「いやぁああああああああああああ」

悲鳴を上げて逃げる楓《かえで》の背中を、とにかく俺は体力が続く限り追い回す。

まさか俺がクマの習性で追い回しているとは知る由《よし》もない彼女は、背中を向けてただ全力で逃げることしかできない。

夕暮れ時、泣き叫びながら逃げ惑う女子高生を、不気味なまでの笑い声を上げながら追いかける男子高生。どこにでもあるごく普通の鬼ごっこの光景だ。

結局、そのあとすぐに俺の体力は尽き、わずかのうちに姿を見失うまで引き離されてしまったのだった。

◇◇◇

「と、いうわけで、昨日はお前の妹と会って楽しく鬼ごっこをしたんだ」

翌日の昼休み、入道雲がゆったりと漂う空の下。俺は天海《あまみ》と屋上のベンチに腰掛け、昨日の楓調査記録について報告した。あったことすべてをありのままに、だ。

話を聞き終えた天海を見ると、弁当を食べる手が止まり、その顔が凍り付いていた。

「ん、どうした？」

天海は、はっとして間を空けながら応答する。

「いえ……あの、何でもないです。ただ、今後は話しかけないでください……」

「おい待て！　勘違いするな！　クマの本能でどうしても追いかけたくなってしまったんだ！　しょうがないことだったんだ！」

「最低な変態ベア君もう近付かないでください」

天海は聞く耳を持たず、そっぽを向いてしまった。

ダメだ。すっかりご立腹である。だけど、そこまで怒るか？　クラスや部活しか知らない妹のことに、なぜそこまで腹が立てる？

「お前って何気に妹のこと好きだよな？」

「なっ⁉」

何気なく口から出た言葉に、天海《あまみ》は電流が走ったかのようにビクンと震え、首に胴体が付いてくるような動きでこちらに向き直って、ぎゅっと顔を寄せてきた。

「ななななにを言ってるのですかっ！　ベア君っ！　そんなわけないではありませんかっ！」

天海は本当に分かりやすいなぁ。分かりやす過ぎて笑みが出てしまう。ついでに、微《かす》かに甘い香りが漂ってきてよだれも出てしまう。クマの耳だけは出て欲しくないので、俺《おれ》は少し間を空けた。

「ごっほん！　それでベア君。楓《かえで》については他に何か分かりましたか？」

分かったこととは何か違う気もするが、一つ気になったことがあった。

「そういや、楓は一日中走ってるよな。ほんとすごいと思うぜ。昔っからそうなのか？」

楓の練習量は異常だ。朝も昼休みも放課後も、ずっと走っている。天海とは全く正反対のその性質に、純粋に興味を持った。

しかし、天海は気に食わないというように口を尖《とが》らせてボソッと囁《ささや》く。

「分かったことを訊《き》いたのに、楓のことが気になるのですね……」

「ん？」

「何でもないですっ」

ふんっ、と天海は顔を背け、投げやりに言い放つ。

「楓のことなら、本人に訊いてみたらどうですー？　追いかけっこをするくらい仲がよろしいのでしょー？」

「それくらい教えてくれたっていいだろ……いや、そういえば、お前も妹のことよく知らないんだっけな？」

「余計な御世話《おせわ》ですっ。そもそも、そんなに知らないというわけでも……あっ」

うっかり口が滑ったというように、天海が手で口を覆《おお》った。しかし、もう遅い。

「妹のこと、そんなに知らないってわけじゃないのか？」

「さ、サァー、ナンノコトデショー？」

天海は視線を逸《そ》らした。冷や汗たらたら。あからさまに動揺している。あまり近付くとクマ化してしまいそうで危険だ。俺は立ち上がり、さっと風上に移動し、ついでに逸らされた天海の視線の正面に立った。

「なあ、天海。それならどうして妹のことを調べろなんて言ったんだ？　妹のことが知りたかったんじゃないのか？」

「は、半分はそうですよっ」

「じゃあもう半分は？」

「……今は言えません」

今は言えない、ということは、後で話してくれるということだと思う。非常に気になることではあるが、今は我慢して呑み込んでおくことにした。話題を仕切り直すように俺は言う。

「今日また、楓《かえで》のことを調べてみようと思う」

昨日は口止めができなかった。怒らせてしまったようだし、さらに急を要する事態となってしまったともいえる。天海《あまみ》との約束のこともある。なので、もう少し楓の調査をする必要があるのだ。

「明日また報告するから、そしたらちゃんと理由を話してくれ。あと、協力関係のことも頼んだぞ」

「さあ、どちらも情報次第です」

天海は素っ気なくそう言い、弁当箱の蓋を開けて昼食を再開した。

いいだろう。楓が昨日の朝見たことを話さないか見張りながら、天海が理由を話したくなり、有無を言わせず協力関係を結ばせるくらい飛びきりの情報を持ってきてやろうじゃないか。

◇◇◇

「うえっ……」

「おい、顔を合わせるなりその反応はないだろ、楓」

陽《ひ》が沈もうとしている堤防道。

楓は心底嫌そうな声を漏らし、若干ヒステリー気味の高い声で捲《まく》し立《た》てた。

「仕方ないでしょ！　学校出た時からずっと周りを確認してきて、今日はあんたがいないのかと思って安心してたらこれだもの！　どうしてこんなとこで待ち構えてんのよっ！　ふざけないでよっ！」

「別にふざけてはないんだがな」

俺はいつだって真面目《まじめ》だ。何と言ったって名誉とハチミツがかかってるんだからな。

「さて、楓。今日こそは俺と話しようぜ」

「ふうん……」

また気持ち悪いと言われる、かと思ったのだが、楓は何かを考えるように顎《あご》に手を当てた。それから難しい顔で訊《たず》ねてくる。

「そもそも、なんでそこまであたしのこと知りたがるのよ？　そりゃ、あたしが可愛《かわい》いのはわかるけど」

可愛《かわい》いとか自分で言っちゃうんだな……。まったく、変なとこで似た姉妹だ。

それにしてもどう答えようか。俺《おれ》は別に、楓《かえで》に興味があるわけではない。ただ口止めをしたいだけだ。だが、それを言ったら機嫌を損ねるだろう。ここは適当に誤魔化《ごまか》しておこう。

「そうだな、お前は可愛いよ。俺はそんなお前と仲良くなりたいから話がしたいんだ」

「嘘《うそ》っぽ」

鋭《するど》い目付きでそう言う。楓の目は俺の心の中を見透かそうとしているようで、変に鼓動が落ち着かなくなった。だが幸い、冷や汗が出てしまう前に視線を外してくれた。

「はぁ……」

そして、小さくため息を吐《つ》いたかと思うと、どういう風の吹き回しか、仕方がないと言うように柔らかい声音になった。

「わかった。あんたとお話してあげる」

「ほんとか！」

思わず飛び跳ねそうになった。しかし、楓の言葉はまだ続く。

「ええ。ただし——」

次の瞬間、楓の姿が消えた。夕陽を背にした楓は、まるで濃い茜色《あかねいろ》に溶けるようにしていなくなってしまったのだ。

「――あたしに足で勝ったらね」

「は？」

さっきまで数メートル先にいたはずの楓はもう俺の真横を過ぎ、その先の堤防道を駆け抜けていった。楓は日ごろ鍛えている脚力で、見失ってしまうほど一気に加速してみせたのだ。そのことを理解するまでに二秒かかった。その二秒が致命的となる。

「おい、ずるいぞ楓っ！」

俺も急いで楓の後を追ったが、トップスピードになるまでに大きく楓に引き離されてしまった。概算にして二十メートルくらい。昨日よりも遠く引き離されてしまっていた。

真《ま》っ直《す》ぐな堤防道の先を行く楓に向かって叫ぶ。

「ゴールはどこだよ！」

「ゴールはあたし！　追いついたら勝ちってことでいいわよ！」

振り返らずに返したが、それでもよく聞こえた。楓のスピードについていけずその場に取り残された声を俺が拾っているような感覚がする。

そうこうしている内にもう息が上がってきた。足に力が入らず、酸素を欲して口が大きく開きっぱなしになる。この分だと昨日のように引き離されてしまう。そうなれば負けだ。このままでは、俺は、負けてしまう。

「――それは困る！　名誉とハチミツがかかってるんだ！　そう簡単に負けられるかよ！

それに、天海《あまみ》が俺《おれ》に楓《かえで》のことを調べろと言ってきた理由が気になるだろうがっ！」

自分を奮い立たせ、全身に力を込める。昨日味わった天海のハチミツを思い出すと、自然とありとあらゆる感覚が鋭《するど》くなった気がした。地を踏みしめる足の感触、風が耳を掠《かす》める音、より情報を吸収する視覚、そして──

「……甘い匂いだ……」

──鼻に侵入してくる魅惑の甘い香り。

甘いといっても、ハチミツのそれとは大きく違う。確かに、強く甘さを感じる香りだが、もっとすっきりした甘さだ。黒砂糖によく似ているような気もする。これは……──

「──これはメイプルシロップか……！」

だが何故《なぜ》こんなところに……？　そう疑問に思うより前に、視界が加速した。景色の流れが速くなり、家や雲が線のように見えてくる。楓の背中が見る見る大きくなってきた。

いや、違う。加速しているのは俺自身だ。走る速さがどんどん上がっている。

「え」

何かの気配を感じ取ったのか、顔だけ振り向いて後ろの状況を確認しようとする楓。

だめだ、このままじゃ楓にぶつかる！　ブレーキをかけ──

「ぶぎゃっ⁉」

──る間もなく、勢いよく楓の背中に激突してしまった。

楓はスパイクをするバレー選手のようにエビ反りになり、前方へ吹っ飛んでいく。

幸い、軌道が少し左にずれてくれたおかげで、真っ直《ます》ぐコンクリートにぶつかることはなく、河川敷の方へと飛んでくれた。そのまま河川敷へと下る芝の坂をごろごろと転がり落ち、うつ伏せに力なく倒れ込む。

やべぇ、やっちまった！

急いで芝の斜面を下り、河川敷に転がる楓に駆け寄った。

投げ出されたスクールバッグ。乱れに乱れた服。ブラウスはめくれて腰が見え、スカートも際どいところまで上がってしまっているため白く引き締まった太ももが目に入った。

けれど、今はそれにドギマギしてる暇はない。

芝がクッションになってくれたおかげか見たところ怪我《けが》はないようだが、楓の動く気配が全くなかったのだ。

「お、おい！　大丈夫か、楓！」

楓の脇にしゃがみ込み、顔を覗《のぞ》き込《こ》んで呼びかけるが応答がない。

俺はいよいよ肝《きも》が氷水に浸《つ》けられたような感覚がした。

やばい、殺《や》ってしまったかもしれない……！　結構強く衝突してしまったから、当たり所が悪ければ、最悪のケースだって考えられるほどだ。

「……うぅ」

焦ってそわそわする俺《おれ》の真横で、突然楓《かえで》がのそっと起き上がった。ぼーっとした顔で女の子座りを作ったかと思うと、ゆっくりと俺に顔を向ける。

「楓っ！　よ、よかった！　無事だったんだ…………な？」

モニョ……

楓が無言で俺の耳を掴《つか》んできた。人間の耳の方ではない。

頭に生えたクマの耳の方を、である。

ん、待てよ。俺はいつの間にクマ化してたんだ⁉　いやそれよりも、楓の前でクマ化してしまった！

慌てる俺の耳を掴んだまま、楓は天国へ召されたような恍惚《こうこつ》の笑みを浮かべてうっとりしている。目と鼻の先にある綺麗《きれい》な顔に、図らずも鼓動が加速してしまう。

あれ、どこからか甘い匂いが……？

風に乗って漂ってきた甘い匂い。走っている時にも感じたメイプルシロップの香りだった。ドクン、と鼓動が高まり、クマの本能が刺激される感覚がする。嗅覚《きゅうかく》や聴覚がより一層鋭《するど》くなった。

まさか、メイプルシロップでクマ化しちまったのか……？　こんなの初めてだぞ。そもそもメイプルシロップの匂いなんてどこから……。

鋭くなった鼻をスンスンと鳴らして香りの発生源を探すと、すぐ近くに落ちていたもの

——投げだされた楓のスクールバッグから漂ってきていると分かった。よく見ると、スポーツタオルがはみ出している。それは確か、部活の時に使っていたものだ。

「まさか、な……」

楓にクマ耳を掴まれつつも、どうにか頑張って楓のスクールバッグからスポーツタオルだけを引っ張り出し、それを鼻に近づけてみた。

「うっ……!?」

危ない……っ！　またクマ化が進行してしまうところだった！　間違いない。このスポーツタオルこそが甘い匂いの発生源だ！

これが誰か別の人のものであれば、何かの拍子に溢《こぼ》してしまったメイプルシロップを拭《ふ》いただけのタオル、と思っただろう。けれど、天海《あまみ》楓は、あの天海桜《さくら》の双子の妹だ。汗を拭《ぬぐ》っただろうスポーツタオルから甘い蜜の香りがすれば、思い至る推測は一つ。

——楓は、メイプルシロップの汗をかく少女なんじゃないのか。

本人からは、クマ化してようやくわずかに分かる程度の甘い匂いしかしないが、そうとしか考えられない。

「……うふぇへへ～」

楓は実に幸せそうな笑みを浮かべ、緩んだ口元からはよだれを垂らしていた。背後にはキラキラと花が咲いているように見える。今までの俺に対する態度からはあまりにも酷《ひど》い豹変《ひょうへん》っぷりだ。

「お、おーい、楓《かえで》……？」

「ひゃ、ひゃい！　何かしら！」

慌ててよだれを拭《ふ》いて反応する楓。その時に一度俺《おれ》の耳から手が外れたが、ごく自然な動作でまたクマの耳に添えられた。

「いや、何かしらじゃなくて、その手」

頭上を差して指摘すると、彼女は熱意のこもった大声を上げた。

「だってこれはクマさんの耳よ！」

「そ、そうですね……」

……って、ちょっと待て、俺はこいつにクマとのハーフだということを言っていない。クマ化の進行具合としては、耳以外は人間のままのはずだ。耳だけ見てそれがクマのものだと分かるとは、楓は一体何者なんだ。

「なあ楓、なぜクマだと……」

「聞いてよクマさん！」

「は、はいっ」

質問をしようとしたが、熱弁する楓に遮《さえぎ》られてしまった。

「この白くてモフモフのクマ耳はホッキョクグマのものだわ！　ホッキョクグマは北極圏

をはじめ、北アメリカ大陸やユーラシア大陸の北部に暮らしているの！　体長は大きくなれば3メートルを超え、体重は400キロから680キロ、中には800キロになる個体もあるのよ！　特徴と言えば、真っ白の毛よね！　でも実はこれは透明なの！　毛は光を通すのだけど、その中は空洞になった構造だから散乱光ができて白く見えるそうよ！　でもあたしはこの耳のシルエットを見ただけでもホッキョクグマと見分ける自信があるわ！　ホッキョクグマさんはとくに好きだから！　そんなクマさんの耳が目の前にあるのに、触らないという手はないでしょ！」

「いやあるだろ！　しかし、よく知ってるなぁ!?　クマ博士かお前は!?」

クマの専門家にでもなろうというのだろうか。ある意味ですごい。

ん、ところでこいつは最初に何て言った？

『この白くてモフモフのクマ耳』だと……？　いつもはクマ化すると黒い毛に覆《おお》われる。楓の言うことが本当だとすれば、メイプルシロップでクマ化したことに続き、またも初めての事態ということになる。

「なあ、楓。俺は今、しろ……」

「ねえクマさん、まだ聞いてっ!!　ホッキョクグマの天敵はね！」

俺の質問を強制シャットアウト。楓は容赦なくクマ愛をぶつけてこようとした。このままでは、終わりそうもない話を延々と聞かされることになる！

「まてまて、もういい！　それにしてもやけにクマについて詳しいな！」

「当たり前でしょ！　だってクマさんなのよ！　あんな可愛《かわい》くて麗しい生き物がいていいの!?　いいに決まってるでしょっ！」

……はい。

よくわからないが、これだけは分かった。天海楓《あまみかえで》は、ドが付くほどのクマ好きであると。

クマのマニア。略してクマニアといったところだろうか。

「その顔はクマさんのよさを理解していないという顔だわ！　ええい！　そんなクマさん
にはお仕置きよ！」

「うわっ!?」

楓が両手の指を複雑に動かし始めた。指が踊るようにクマ耳を刺激し、足の裏や脇の下
をくすぐられるようなむず痒《がゆ》さが襲ってくる。だが、楓の手つきは妙に手慣れていて、マ
ッサージをされるようで気持ちいい。病みつきになりそうだ。

身体を捻《ひね》って楓の手から抜けようとするが、彼女の手はなかなか離れない。気持ちが良
くて力が入らず、抵抗しようにもできなかった。

「あちょっと待て！　そこは敏感なんだ！　やめ、あ……らっ、らめぇえええぇ～！」

「あははははっはははははっはは！」

夕暮れ時、クマのような男子高生の耳をくすぐって高笑いを上げる、メイプルシロップ

の汗をかく女子高生。どこにでもあるごく普通のくすぐりあいの光景だ。

……いや、ないか。

ともかく、それが天海桜《さくら》の双子の妹、天海楓という少女なのであった。

◇◇◇

耳だけクマ化した俺《おれ》は、ひとまず楓の家に上がって匿《かくま》ってもらうこととなった。

どうやら天海の家は喫茶店を営んでいるらしく、裏口から家へと入り、楓の部屋がある二階へと上がる。そして、三つ並ぶドアの一つを開けて中に入った。

……いい香りがする。ハチミツでもメイプルでもない、女の子特有の花のような優しく甘い香りで満ちていた。

「……うげ」

そして、俺はドン引きした。

女の子らしい雰囲気の部屋。そこは、クマ一色に染まっていたのである。勉強机やベッド、クローゼット、丸テーブルなど家具のすべてに可愛らしいクマのステッカーが貼られている。時計の文字盤やティッシュケースはクマの形そのままだ。

さらに、部屋じゅうにクマのぬいぐるみが敷き詰められていた。まさにクマ天国。そこは、楓《かえで》が作り出したクマの楽園だ。けれど、俺《おれ》の中の半分の血が、今すぐこの場から逃げろと騒いでいる。

ふと、ベッドに転がる一際大きなクマのぬいぐるみが目に入った。抱き枕にちょうどいい大きさだ。そのぬいぐるみと目が合った瞬間、頭の中に直接声が聞こえた気がした。

——逃げるのじゃ！

「さあ、入って入って」

満面の笑みを浮かべた楓に背中を押され、俺はその部屋の中に押し込められてしまった。ドアの方から聞こえるガチャリという音。

あれ、楓さん、今鍵締めませんでしたか……？　いよいよ嫌な予感が増してきた……。

「適当に座ってちょうだい」

そう言って楓は、お盆から背の高い麦茶の入ったコップを二つ丸テーブルに置いた。その位置に合わせて、俺と楓は丸テーブルを挟んで向かい合うように座る。

結露したガラスコップから滝の如《ごと》く水滴が流れていた。それはまるで俺の心情のようだ。いつ襲われ、ここに転がるクマたちのようにされてしまうのではないかとビクビクである。

「か、匿《かくま》ってくれてありがとうな。本当に助かったぜ。さっきは思いっきりぶつかっちまったけど本当に大丈夫か？」

このまま沈黙を続けると楓が何を言いだすか分からないので、ひとまず謝辞を伝えることにした。楓がにこりと笑う。

「そんなこといいのよ、クマさん！　ねえそれより、クマさんって足が速いのね！　びっくりしちゃった！」

「クマさん？　俺のことか？」

楓が当然のことのようにこくりと頷《うなず》いた。

「その、クマさんって呼び方やめてくれないか？」

「えー、じゃあ何て呼べばいいのよー？　あたし、クマさんの名前知らないわよ？」

「俺の名前は阿部久真《あべきゅうま》だ。悠久の久に真実の真で、きゅうまって読む」

楓は文字をイメージするように宙を見上げた。

「阿部久真……きゅうま……くま。やっぱりクマさんじゃない！」

楓はニパッと顔を輝かせた。

「ほら久真って、くまとも読めるわ。だからあんたはクマさん。異論はないわよね！」

あります。ありまくります。高校生にもなってあだ名が『クマさん』はいくらなんでも嫌だ。こういうところは頑固な姉にそっくりだな……。

しかし、楓は俺の抗議など受け付けず、鼻息を荒くして興味津々に訊《き》いてきた。

「ねえ、クマさん！　クマさんはやっぱりクマなの？　化けて人間の姿をしてるとか？」

「いや、それは俺の父さんだ。俺はクマと人間のハーフなんだよ」

「クマと人間の……？」

楓《かえで》は眉《まゆ》を曇らせて首を傾《かし》げた。

こいつにはクマ化した姿も見られたしな。ちゃんと話しておくべきだろう。

俺《おれ》は、自分がクマ人間であること、ハチミツが原因でクマ化してしまうこと、さらには、天海《あまみ》のハチミツを満足するまで舐《な》めきるとクマ化が解けることを話した。ついでに昨日の朝、天海を舐めていたことを言い触らさないでくれと頼んだら、当たり前よと笑われてしまった。ここ二日間の俺の苦労は何だったんだ……。

「ふーん、桜《さくら》の汗でね……ふーん」

話を聞き終えた楓は、まず真っ先に俺に意味深な視線を送ってきた。チーターが獲物を狙うような鋭《するど》い目付きだ。俺のこめかみから冷や汗が垂れる。

「な、なんだよ……？」

「ねえ、クマさん。あたしの汗を舐めてよ」

「はあ!? なぜそうなる!?」

「ふふん、何を隠そう、あたしの汗はメイプルシロップなのよ！」

ドヤァ、と自信満々の笑みを向けてきた楓。一方の俺は、やっぱりそうだったかと納得していた。予想外の反応に虚をつかれた様子の楓が目をぱちぱちとしながら訊《き》いてくる。

「あれ……？ 驚かないの？ メイプルシロップの汗なのよ？ 珍しくない？」

「珍しいが、お前の姉のこともあるしな。何よりも、さっきお前のスポーツタオルから漂ってきた匂いでほぼ気付いてた」

楓がきらんと目を輝かせた。

「さすがクマさんの嗅覚《きゅうかく》！　1、2キロ先の獲物の匂いを嗅ぎ分ける力があるものね！」

「お、おう……」

「ともかく、あたしはメイプルシロップの汗をかくの。だ・か・ら……」

楓は色っぽい声を出し、興奮気味に続けた。

「もしかしたら、あたしの汗を舐めてクマ化が解けるかもしれないでしょ！　桜の汗で解けたんだからきっといけるはずよ！　そうしたらあたしと協力関係を結ばせてクマさんがクマ化するたびにモフモフと……うぇふぇふぇ」

言っていることは意味不明だが、何だかニタニタと不気味な笑みを浮かべていて気持ち悪い。こいつの好きにさせてはいけない気がする。

「悪いが遠慮する。ハチミツは好きでもメイプルシロップはそんなに好きじゃないんだ」

「え……」

楓はショックを受けたように目を丸くした。そして、口元を押さえてその場に崩れ落ち、泣き叫ぶ。

「クマさんにフラれたぁああ！」

「はぁああ!?」

何を言いだしやがるんだこいつは!?

「クマさんが、あたしの汗は嫌だって……ひっく」

嗚咽《おえつ》を漏らしながら何かを言っている。うぅ、これじゃ俺《おれ》が悪いみたいじゃないか……！

「で、でもな！　楓《かえで》っ！　今さっき俺はお前の汗でクマ化した！　メイプルシロップでクマ化したんだ！　初めてのことだったが、ひょっとしたら俺は自分でも知らないうちにメイプルシロップが好きになっていたのかもな、うん！」

「え……ほんとに？」

楓が弱々しい目で見てきた。

「あ、ああ、本当だ」

途端に楓の顔が明るくなった。なんとも喜怒哀楽の激しいやつだ。楓はご機嫌に弾んだ声で言う。

「ふふん、やっぱりクマさんはいいクマさんね。そういえばクマさん、あたしのことを教えてほしいって言ってたわよね。いいクマさんには何でも話してあげるわよ！」

「それは願ってもないことだ！　だが、俺はお前のこと何も知らないからな。強いて言えば何でも知りたいな」

「何でも知りたいなんて、よほどあたしのことが好きなのね」

もじもじと照れたように顔を赤らめる。

「おい待て、勘違いしてるぞ。俺はお前のことが好きでは――」

「そうね、じゃあ何から話しましょうか」

こいつ話聞かねぇ！

楓は両手を握りしめ、ぐっと身を乗り出してきた。太陽のような輝きの笑顔がすぐ目の前まで来て、ちょっとドキッとしてしまう。

「まずはこれよね！　あたしはクマのことが大好きよ！」

「だろうな！　この部屋を見てよく分かったよ！」

ここまでたくさんのクマを集められるのだから、相当なクマ愛だと推察できる。

楓は何がそんなに嬉《うれ》しいのか、興奮した様子で自分のことを語り始めた。

「あたしの誕生日は8月8日、獅子座《ししざ》よ！　クマさんは？」

「俺は8月21日、同じく獅子座だ」

「誕生日が近いのね！　獅子座同士の相性はいいと聞いたことがあるわ！　やったわ、クマさん！　桜《さくら》より一歩リードよ！」

胸の前で可愛《かわい》らしくガッツポーズをする楓。

「いや、お前たち双子だから同じだろ……というか、一歩リードってどういうことだ？」

俺の質問なんかお構いなし。楓の興奮は止まらない。

「あたしの血液型はO型よ！　ねえねえ、クマさんは？」

「俺《おれ》はAB型だ」

「O型とAB型の相性は一部ではいいと聞いたこともあるわ！　これも桜《さくら》よりリードよ！」

また楓《かえで》が、小さな胸の前で小さな拳《こぶし》を作ってガッツポーズをしていた。

「いやいや、お前たち一卵性だからそれも同じだろ……」

「他にも桜よりリードしてるのは……」

「ちょっと！　ちょっと待ってくれ！　お前はどうしてそこまで天海《あまみ》に対抗意識を抱いてるんだ！　お前たち仲でも悪いのか⁉」

「仲が悪いってわけじゃ……」

楓は難しい顔になった。何かを考えるように顎《あご》に手を当てたかと思うと、首を横に振って落ち着いた声音で話し始めた。

「ううん、仲悪いかも、あたしたち。家でも学校でもほとんど話すことないし、桜の顔見るとどうしてもイライラしてきちゃうし」

珍しく、楓は少し悲しそうな笑みを見せた。

「これでもあたしたち、小学校三、四年くらいまではすごく仲が良かったのよ。でもね、あることをきっかけに変わってしまったわ。――あたしたちが、この特別な体質を隠す方法を見つけたことをきっかけにね」

「隠す方法？　そんなものがあるのか？」

それは初耳だった。そんな方法があるのなら、天海は何も困ることはなかったのではないのか。俺はごくりと唾を飲んで次の言葉を待った。

「その方法は、一定量の汗をかくことよ」

楓は大したことでもないというようにさらっと言った。俺もそんな単純なことなのかとちょっと拍子抜けしてしまった。

「一定量といっても少ないものじゃないわ。ハイペースで10キロは走らないと流れないくらいよ。でもそうすれば、あとは普通の汗が出てくるようになる。普通の人と同じになるの。だけど時間が経《た》つとまた体の中で蜜が作られちゃうみたいだから、ずっと汗を流し続けていなきゃダメなんだけどね」

「じゃあ、お前が一日中走ってるのって？」

「そう。あたしはずっと走って、汗を流して、人前でメイプルシロップの汗をかかないようにしていたの」

楓から甘い蜜の匂いがしなかったのはそれが理由か。だが……。

「並の人間には難しいことだな……」

楓は声を上げずに笑った。

「そうね、難しいかもしれない。でもあたしにはできた。それなのに、双子の桜《さくら》はできなかった。どうしてだと思う？」

「それは俺《おれ》も気になってた。確かにお前のように過ごすのは大変かもしれないが、ずっとびくびくしながら過ごすよりはマシだろ。なのにどうして天海《あまみ》はお前のように甘い蜜の汗を隠そうとしないんだ？」

訊《たず》ねると、楓《かえで》は吐《は》き捨てるように一言述べた。

「桜は逃げたのよ」

楓はクマについて語っていた時からは想像もつかないような、ひどく静かな声で言う。

「桜は逃げた。できないと諦めて何もしないで、誰とも接しようとはしなくなったの。あたしはそれが見ていられなかった。どうしても桜の顔を見るとイライラするようになってしまったのよ」

楓はたくさん話して喉が渇いたのか、麦茶を手に取りゴクゴク飲んだ。

「本当に……ただ逃げてただけなのか？」

「え？」

意表を突かれたような楓の眼差《まなざ》し。

「ちゃんと話すようになってまだ三日しか経《た》ってない俺が言うのもなんだが、あいつがただ逃げてるだけなんてことないと思う」

たった三日でも、天海が自分の体質を知られることに恐怖を抱いていることはよく分かった。隠すためとはいえ、俺に舐《な》めさせるくらいである。そんな天海が、少しでも隠すことができる手段があるのに、それをしないとは考えづらかったのだ。

「ふーん、クマさんはえらく桜の肩を持つのねー？」

楓がムスッと目を細めた。

「そういうわけじゃないが、なんとなくそう思っただけだ」

「ふーん……」

楓は口を尖《とが》らせてテーブルの上の麦茶を手に取り、残りを一気に飲み干す。そして、トンと高い音を立ててコップを置き、突然とんでもないことを言いだした。

「ねえ、クマさん。話してあげたんだから、ご褒美《ほうび》をちょうだい！　もっとその耳モフモフさせて！」

「は⁉　そんなのだめに……ぬわっ⁉」

素早い動きで丸テーブルを回り込み、流れるように俺のクマ耳に手を伸ばした。甘い香りが襲ってくる。きっと彼女の体の中でメイプルシロップが新たに作られたのだろう。

「ちょっと待て！　それじゃあ余計にクマ化が進んじまうだろっ！」

「いいじゃない減るものじゃないんだし。むしろ増えるわよ、クマ要素が！　やったわね！」

手で阻《はば》もうとするも、楓は的確にその間を縫《ぬ》って攻めてきた。ガシッとクマ耳を掴《つか》まれ、楓《かえで》の手の中でもてあそばれる。

「えい！」

耳だけでは飽き足らず、楓は俺《おれ》の脇を持って無理矢理《むりやり》俺を立たせるとベッドの上に放り投げた。そのまま、仰向《あおむ》けになる俺の腹の上に飛び乗る。

「お、おい！　かえでっ⁉」

「にゅふふふふ〜、よいではないかよいではないか〜」

楓は恍惚《こうこつ》とした笑みを浮かべ、覆《おお》いかぶさってきた。太ももで腕と胴体をしっかりホールドし、無防備になった俺のクマ耳をまさぐる。

楓の太ももやお尻の感触が、俺の腕や腹、腰を襲ってきた。

うわ！　柔らかくて温けぇ！　細くて筋肉質だったから硬いと思ってたが、意外にも女の子らしい柔らかさを持ってるんだな！　てか、楓は今制服のスカートを穿《は》いているわけで、つまりは生でショーツや素足が触れているということになるんだよな。

……だめだ、これ以上考えたらクマ以外の俺の中の野獣が目覚めてしまう……っ！　この状況を脱することだけ考えろっ！　どうにか逃げねぇと！

ふとベッドの上の大きなクマのぬいぐるみと目が合った。

——もう手遅れじゃ……。

ぬいぐるみの諦めの眼差《まなざ》し。それでも俺は抵抗した。

「ほんとやめろ楓《かえで》！　やめ……やめてくださいっ！」

楓から降り注ぐ甘い香りが食欲にも似た本能を呼び覚ます。

クマ化が進行し、ますます興奮を掻《か》き立てる。

理性としては、止めなくては、と思う。その反面、俺《おれ》の中の欲求はそれとは真逆《まぎやく》のことを求めていた。甘い蜜が舐《な》めたい、もうこのまま身を委ねてしまってもいいか、と思い始めていたのである。そこへ突如《とつじょ》、闖入者《ちんにゅうしゃ》の冷ややかな声が突き刺さった。

「鬼ごっこの次はプロレスごっこですか。仲がいいのですね、本当に」

俺たちは声の主に同時に顔を向けた。

「天海《あまみ》！」

部屋の入り口に立っていたのは、天海桜《さくら》だった。不機嫌さを露《あら》わにしたしかめっ面で俺たちのことを見つめている。

「あら桜。鍵は閉めておいたはずだけど？」

楓が嫌味《いやみ》っぽく言うと、天海はコインを親指で打ち上げてキャッチして見せた。

「簡単に開く造りだったもので。それよりも何やら騒がしかったですね。そのベッドのすぐ横は私の部屋だと忘れたわけではないでしょう、楓。一体何をしていたのです？」

「おね……桜には関係ないこと！　いいから出て行ってよ！」

声を荒らげてそう言う楓に対し、天海の目が鋭《するど》くなった。

「関係ないことはないです……っ！」

「どう関係あるの！　クマさんと付き合ってるわけじゃないんでしょ！」

「うぅ……」

天海はぐうの音《ね》も出ないというように唸《うな》った。そして、回れ右をして出て行こうとする。

「わ、わかりました。ではごゆっくり」

「待て天海！　そこで出て行くか普通！　頼む、助けてくれ！」

天海は俺へわずかに目を向け、驚きの表情を浮かべる。

「白い……楓の汗でもクマ化したのですね？」

さすが天海。即座に楓の汗でクマ化したこと、その姿が白くなることを察知したらしい。

「ああ、俺もびっくりだったがな。そんなことより早く助けてくれ！」

「プロレスごっこをして遊んでいるのでしょう？　楽しそうではありませんか」

「バカ言ってないで助けてくれよ！　頼む天海！」

「はぁ……」

天海はため息を吐《つ》いて、楓の方に向いた。

「やめてあげなさい、楓」

「なに？　あたしに命令するの？　今さらお姉ちゃん面？　ずっとずっと体質からもあたしからも逃げてきたくせに？」

「私は、逃げてなんか……」

言いよどむ天海《あまみ》。何かを言おうとしてはそれを呑《の》み込《こ》むのを繰り返している。

なんだかそれが見ていられなかった。

「楓《かえで》、言い過ぎだ」

俺《おれ》は楓に一言注意し、天海に向き直った。

「天海、お前はハチミツの汗が誰かにバレるのをすごく怖がってるよな。そんな怖がってるやつが、蜜の汗を隠す方法から逃げるか？　理由なしにそんなことするはずないだろ。だから天海、お前が楓のようにしないのは、何か理由があるからなんじゃないのか？」

天海が目を逸《そ》らした。

「ベア君には関係のないことです」

「俺たちは互いに秘密を知りあった仲だ。それに協力関係だって」

「それについてはまだ了解したつもりはありません」

「ともかく、俺たちはもう赤の他人じゃないだろ？　話してくれ」

天海は何かを考えるように俯《うつむ》いた。それから、一度楓と目を合わせて、何かを決心したように息を吐《は》いてから俺に訊《たず》ねる。

「私たちの汗に関するもう一つの特徴については聞きましたか？」

「もう一つの、特徴？」

「その様子では話してないようですね、楓」

「……」

楓を見るが、都合の悪いことを認めようとしない子どものように下唇《くちびる》を噛《か》んでいて、何も言おうとしなかった。目で天海に続きを促すと、彼女は一つ頷《うなず》いてから話し始めた。

「私たちの汗は、その匂いを嗅いだ人を惹《ひ》きつける効果があるのです。この匂いさえ嗅がせれば、まるで愛《いと》おしい相手でも扱うかのように接してきます」

それじゃまるで魔法だ……。いや、待て。その魔法のような場面に、俺は昨日立ちあってる。昨日の朝、クマ討伐《とうばつ》隊に集まった人だかりに呑み込まれた時、天海はふらついてガラの悪そうな先輩の足を踏んづけてしまった。一度はからまれてしまったのだが、先輩は急に態度を変えて紳士的になり天海を許した。あれは、天海の汗の力だったんだ。

「じゃあ……昨日、天海が足を踏んだ先輩が優しくなったのって……？」

天海は頷いた。

「私たちは幼い頃、そのせいで周りから好かれすぎてしまったことがありました。何を壊してしても怒られず、どんな欲しいものでも買ってもらえました。近所のよく知らない人が突然高価な贈り物をしてきたこともありました。それが汗によって引き起こされたことだと気付いた時、私は人が信じられなくなりました」

人の態度すべてが、単純な好意なのか汗の魅了によるものなのかが分からなくなる。それは、どんなに恐ろしいことだろうか。

「その後、汗を隠す方法が見つかった時、私も初めはそれを実践してみました。でも、もう私はどうしようもなく人が信じられなくなっていました。相手の好意すべてが汗によるものだと思えて仕方なかったのです。相手の笑顔が汗によって作られた偽物のような気がして仕方なかったのです……」

「そうだった、のか……」

だから、天海《あまみ》はクラスメイトを避《さ》け、ずっと独りで過ごしてきたのだ。天海はずっと、自分の汗を流すことから逃げてきたわけではない。その力で周りの人を惹《ひ》きつけてしまうことから逃げていたのである。

「で、ですが……」

天海が照れたようにもじもじとしながら俺《おれ》を見た。

「ベア君にだけは、どうしてか汗の力が利かないみたいですが」

「そうなのか？」

「ああ確かに。クマさんだけはそんな感じしないって断言できるわ」

楓《かえで》にも言われ、俺は嬉《うれ》しいような、冷たいって言われてるような、なんだか複雑な気持ちになった。

天海は「ごほん」と咳払《せきばら》いをして楓を見ると、目の奥を貫くように真《ま》っ直《す》ぐ見つめた。

「楓。今あなたの周りにいる友達は、本当に汗の力で引き寄せたのではないと言えますか？」

「何言ってるの桜《さくら》っ！　当たり前じゃん！　みんな本当に楽しそうにしてるもん！」

楓は眉《まゆ》を吊《つ》り上《あ》げて反論した。楓に釣られ、天海の言い方にも熱がこもる。

「ですから！　それが汗による笑顔でないと言い切れますか？」

「それは……その……」

さっきまでの威勢はどこへやら、楓はしゅんとしてしまった。天海の言うことは正論だ。それだけに、何も言い返すことができないのである。

「ちょっといいか」

楓から解放された俺がベッドから起き上がる。

「楓は普段、間違いなくメイプルの汗を流しきっているぞ。鼻には自信があるが、昨日はすぐ傍《そば》まで来ても甘い匂いに気付けなかったし、さっきなんかもクマ化してようやく分かったくらいだ。普通の人間ならまず気付かないぜ」

最後に大量の汗を流してから時間が経《た》った今は、メイプルシロップの香りが分かる。しかし、それもいつも天海から漂ってくる香りに比べれば非常に微々たるものだ。

「本当ですか、ベア君？」

これまでになく真剣な表情の天海に、俺は答えてやる。

「ああ、本当だよ」

「そう、ですか…………よかったぁ……っ！」

すると天海《あまみ》はずっと背負ってきていた肩の荷が下りたかのように、深く深く息を吐《は》いた。

自然と頬《ほお》が緩み、ちょっと笑っているように見える。俺《おれ》の鼻で証明したことが、相当彼女を安心させたようである。

なんだ、天海はそのことで楓《かえで》を心配してたのか？　じゃあ、天海が昨日言ってた、楓のことを調べて欲しい理由の半分って、もしかして……。

「もしかして、それが知りたかったのか？」

「はひっ？　何のことでしょうかっ⁉」

天海の声が裏返った。どうも図星のようだ。

「楓のことを調べてほ……」

「そそそんなことありませんよっ。楓の汗が流しきれているかなんてっ、ど、どうでもよかったですっ！」

天海が俺の言葉を遮《さえぎ》って勝手に自爆してくれた。あちこちに目を向けて、落ち着きがない。こいつは本当に分かりやすいな。

「え、え、どういうこと？」

楓は何が何だか分からないと言ったように俺と天海を交互に見た。

「べ、ベア君！　お喋《しゃべ》りはもう終わりですっ！」

話を打ち切ろうとする天海は置いておいて、俺は楓に事情を話す。

「こいつが調べて欲しいって言ったから、俺は楓のこと付け回していたんだ。悪かったな、気持ち悪い思いさせて」

「ほんとなの……？」

楓が驚愕《きょうがく》の目付きを桜《さくら》に向けた。

「さ、さあ！　何のことでしょうかっ」

しらばっくれる天海は置いておいて、俺はさらなる真実を暴露する。

「それよかこいつ、昼休みにグラウンドを走るお前を屋上からずっと眺めてるんだぞ？」

「えっ⁉　こわっ⁉　クマさん並みのストーカーじゃないっ！」

寒気がするようにブルブル震え出す楓。そんな彼女に止《とど》めを刺すように言う。

「でもなぜそんなことをしてたのかよく分かった。こいつ、楓がメイプルシロップの汗を流しきっているか心配でいられなかったんだな」

「ぐぬぬぬぬ～……」

すべてを話されてしまった天海は、唇《くちびる》を噛《か》みしめて涙目で俺のことを睨《にら》んでいた。

楓の方に目を向けると、彼女の顔にはもう嫌がるような感情は見えなかった。ただニタァ～、と意地悪な笑みを浮かべて、今にもこぼれ出しそうな笑いを必死に堪《こら》えていた。

「桜《さくら》～、そんなにあたしのこと心配だったのね～？」

「うっ」

天海《あまみ》が顔を赤く染め、気まずそうに目を背けた。楓《かえで》はその視線の先に顔を割り込ませ、にっこりと笑う。

「ね、心配だったんでしょ？　あたしのこと」

「うぅ……気持ち悪いですよね？　すみません」

「ううん、気持ち悪いなんてことはないわ」

楓も顔を紅葉《もみじ》のように赤くし、にっこりと笑った。

「気に掛けてもらって、ちょっと嬉《うれ》しい。ありがとね、桜」

天海は少し驚いたような顔をし、それから嬉しそうに頬《ほお》を緩めた。楓はさらに笑顔を輝かせる。

「桜……ううん、お姉ちゃん。これからはもっと姉妹らしくしようね」

「し、仕方ないですね。そうしましょう」

天海が恥ずかしそうにぎこちない動作で頷《うなず》いた。

何とも微笑《ほほえ》ましい光景だ。俺《おれ》がいなくてもすぐに仲直りできたんじゃないのか？　ああ、きっとできたと思う。俺はそのタイミングをちょっと早めただけに過ぎない。

楓が眩《まぶ》しいまでの笑顔で天海の手を掴《つか》む。

「じゃあ、お姉ちゃん。さっそく明日から、学校であたしといっしょに行動しましょ！すぐに仲の良い友達ができるわよ！」

「友達、ですか……」

天海の表情に陰りが差した。楓のように汗を流していれば大丈夫と分かっても、やはり友達を作るのは怖いのかもしれない。これで勝手に友達を作る流れにもっていってしまうのもどうか。ちゃんと確認しておくべきだろう。

「天海、そもそもお前は友達がほしいのか？」

「私は……」

天海は丸テーブルのグラスに視線を落とした。麦茶に浮かぶ氷は米粒のようなものが一つだけ。他の氷はすべて解けてしまった。じっと見つめていると、一つだけ取り残されてしまった氷がたった今解けた。

真っ暗闇の中、一歩を踏み出すように言葉を紡ぐ。

「できることなら、友達がほしいです。ですが、楓のように生活するのは、私には難しい……。それに、怖いです。本当にハチミツを流しきれているか不安で……」

最後の方は、消え入るような声だった。

俺は天海の不安を取り除きたいと思った。

「汗をかいていない時のお前のハチミツの匂いはかなり薄い。あれなら、匂いにさえ気をつけていれば普通の人間には分からないはずだ」

なぜそんなことが言えるのか、と問いたげな様子の天海《あまみ》に続ける。

「昨日の朝、お前が先輩の足を踏んじまった時のこと覚えてるか？　先輩はお前の汗の香りに気付いた途端、態度が一変しただろ？　あの場にはハチミツの香りが充満してたんだが、先輩だけが汗の力の効果を受けたっておかしくないか？　だから、あの時の先輩のように、至近距離で強い香りを吸い込まなければ、汗の効果は受けないと思うんだ」

「で、ですがそれは推測であって……」

「なら、天海」

真《ま》っ直《す》ぐに天海を見据えて言う。

「俺《おれ》もずっと一緒にいて、ハチミツの香りがしないか確かめてやる」

天海がびっくりしたように目を見開いて呟《つぶや》く。

「なんですか、それ」

しかし、天海は頬《ほお》をサクラ色に染めつつ、まんざらでもなさそうだった。それから、一つ深呼吸をして、心を決めたように頷《うなず》いて言う。

「……わかり、ました。楓《かえで》が一緒にいてくれるのなら、ちょっとずつ頑張ろうと思います」

弱々しい声だったが、しっかりとした芯を感じることができた。天海が穏やかな笑みを浮かべて楓を見つめると、楓も優しい表情で返していた。次に天海はこっちへ目を戻し、俺の正面へとやってくる。そわそわと落ち着かない様子で、小さく唇《くちびる》を動かした。

「……それとベア君も一緒に」

恥ずかしそうにおねだりをするような仕草が天海にあまりに似合わず、俺と楓はつい笑って吹き出してしまった。

「「ぷっ」」

「え、ちょっと、二人とも！　なぜそこで笑うのですか！」

天海が慌てたように手をぶんぶん振り回した。

「だって、ははははっ！」

「お姉ちゃんには似合わないからっ！」

「もっ、もう！　ベア君、そんなに笑ったらハチミツあげませんよ！　いいんですか！」

「そ、それは困るっ！　勘弁してくれ！」

動揺する俺を見て、今度は天海も交ざって笑い始めた。

天海が楓のように友達に囲まれて過ごす未来を思い浮かべ、俺はどうにも楽しみでたまらなくなった。

◇◇◇

「ベア君、ありがとうございました」

天海《あまみ》家の玄関前で、天海が小さく頭を下げた。

真黒な空に浮かぶダイヤのつぶのような星々。とっくに太陽は沈み、夜が訪れていた。

シロクマ化が解けるのを待っていたらえらく時間が経《た》ってしまった。何しろ楓《かえで》はほとんど蜜の汗を流さないものだから、舐《な》めて満足することもできなかった。天海のほうは、楓の前では恥ずかしがって舐めさせてくれなかった。そのため、クマの興奮が治まるまでひたすら待つしかなかったのだ。

帰ろうとする俺《おれ》を家の前まで送ってくれた天海に答える。

「お前らしくないな。それに、俺は何もしてないぞ？」

「いいえ、楓とはまた仲良く過ごしていけそうです。そうなったのは、ベア君のおかげです」

天海は柔らかい微笑《ほほえ》みを浮かべてそう言った。俺は照れくさくなって誤魔化《ごまか》す。

「楓と一緒に歩くんだろ。楓みたいにずっと一日中走って汗を流し続けるのか？」

「いきなりそれは体力的に無理そうです」

天海は苦笑した。

桜《さくら》は夜空を眺めつつ、その星々の先に未来を見出《みいだ》そうとする。

「ちょっとずつ体力をつけながら、汗を流さないように気をつけつつ、その……友達をつくってみたいと思います、楓のように」

　そうできる日が来ればいいな。気が付けば俺はそんなことを思っていた。そうなってしまえば、俺は天海のハチミツを舐められなくなるというのに。今日の俺はどうかしてる。

「そのために、以前から話していた協力関係ですが、大変不服ながら認めましょう」

「え？」

　聞き間違いだろうか。天海は今何と言った。

「ベア君が私の汗を舐めることを認めると言ったのですっ！」

「ほんとか！」

　俺の聞き間違いではなかった。ずっと渋っていた協力関係を天海が了解してくれたのである。嬉《うれ》しくて飛び跳ねたい気分だ。

「いやぁ、この前言った、お前のハチミツに対する気持ちが伝わったようでよかったぜ！」

「ハチミツに対する気持ち、ですか？」

　何のことか分からないというような天海。

「ああ。ほら、お前の体質を知ったその日、堤防道で別れる前に俺が言ったろ？」

　——うまく言葉にできないんだが、何が何でも離れたくないんだよ！

「やっぱ愛を込めれば伝わるもんなんだな。いやしかし、よかった……って、どうしたんだ、天海《あまみ》？　顔を真っ赤にしてまるで赤鬼みた……」

――バゴッ

「いってぇ！　何すんだよ天海！」

突然天海に頭を叩《はた》かれた。いつの間にか天海はムッと不機嫌な顔をしていて、俺《おれ》のことを絶対零度の眼差《まなざ》しで睨《にら》んできている。

「乙女の純情をもてあそんだ罰です」

「あ？　乙女の純情だ？　一体何のことだよ？」

「なんでも！　ないです！　よ！」

――バゴッ　バゴッ　バゴッ

言葉の節々で俺の頭を叩《たた》く天海。憂《う》さが晴れるのか、あるいは楽しいのか、段々笑顔になっていく。

「いてぇ！　いていて！　絶対何でもあるだろ！」

天海の打撃を払いのけると、彼女は一歩下がり、すっかりご機嫌に戻った様子でにこりと笑った。

「ベア君、明日からもよろしくお願いしますね！」

その声はどこか明るく、嬉《うれ》しそうに躍っている感じがした。

第三話　ハチミツとマタギ

　ガタンと車内が揺れ、荷物棚に置かれたバッグが小さく跳ねた。

　車窓からは緑の景色が流れていくのが見える。車内には、俺たち一年Ｂ組の生徒たちが、備え付けの機器でカラオケを楽しんでいたり、おやつを交換していたり、お喋《しゃべ》りに興じていたり、と思い思いに楽しむ姿があった。

　正式に天海と協力関係を結んでから一週間ほどになる今日、日夏《ひなつ》高校第一学年の生徒たちは林間学校として山の中で一泊二日のキャンプをするため、アウトドアで有名な山へと向かっていた。

　遠足気分のクラスは移動のバスの中でも大盛り上がり。車内は生徒たちの楽しげな雰囲気に満ちている。

　しかし、俺の隣に座っている銀髪の少女は違った。

　窓側に座るその少女の名前は、天海桜《さくら》。彼女は、盛り上がる車内の雰囲気から隔離されたかのごとく、険しい顔をして自分の膝に視線を落としていた。両手でメモを持っており、それを見ながら何やらぶつぶつ呟《つぶや》いている。

　まあ、無理もない。何といっても今日は、天海にとって試練の日だろうからな。

「天海《あまみ》、大丈夫か？」

俺《おれ》が声をかけると、天海は口を止めて顔を上げた。その顔は、何というか酷《ひど》かった。昨日はあまり寝られなかったのか、目の下には薄《うす》らくまが見え、青白い顔色をしている。

「……はい、大丈夫です」

「あまり緊張するなよ。別に今日友達を作らなきゃ死ぬってわけじゃないんだ」

天海は焦っているように目元を歪《ゆが》めた。

「ですが、今日がチャンスなのです。今日を逃せば、もうこんな機会はないかもしれません」

「確かに今日は大チャンスだが、ラストチャンスってわけじゃないだろ。なにもこの林間学校で無理に頑張らなくてもいいんじゃないのか？」

林間学校では、バスを降りてからキャンプ場まで登山もどきのハイキングを行い、夜はキャビンで他の生徒と寝泊まりをする。ハチミツの汗を流す天海にとって、危ない綱渡りがいくつもあるのだ。今日を休み、もっと安全なイベントの時に頑張ることだってできたはずである。

だが、天海は首を横に振った。

「そんなわけにはいきません。ちょっとずつ、頑張ると決めましたから」

天海はわずかに微笑《ほほえ》み、はっきりとそう言った。体調不良で真っ白の顔でも、今だけはしっかりとした芯を感じられた。

天海は楓《かえで》と仲直りをした時に、自分の体質と向き合い、人を信じることを決心した。その時の思いは一切色あせることなく、今も彼女を動かしているようだ。

「お前は、もう十分に頑張れてると思うぞ？」

「そう、ですか？」

意外そうに瞬《まばた》きをする天海に俺は言う。

「あれから、楓の友人のグループに交ざって話したり、クラスメイトに話しかけてみたりと色々なことしてたじゃないか」

今までの天海から考えれば想像すらできない進歩だ。これ以上頑張る必要があるのか。

けれど、天海はここ一週間の出来事を思い出し、どんよりとした空気を醸し出した。

「はい。ですが、まともに話ができずあたふたして、楓の幼い頃の暴露話をするだけになってしまったり、緊張したあまり、話しかけたクラスメイトにガンを飛ばしてしまったりと、とてもうまくいったとは思えません……」

天海は眉間《みけん》に皺《しわ》を寄せ難しい表情をすると、小声になって言う。

「それに、楓の友人や私が話しかけた方は、どうしても何と言いますか……」

「自分と合わない？」

天海の言葉を引き継いで訊《たず》ねると、彼女はぎこちない動きで頷《うなず》いた。

「ですが、皆《みな》さん大変良い方でした……良い方すぎたのです。どうしても、合わせてもらっている、という感じがしました」

「ああ、それは確かにそうかもしれない……」

何を話したらいいか分からなくなる天海《あまみ》と、それをフォローしようと頑張る相手、という構図がどうしても出来上がってしまっていた。

「だが、天海。友達ってそういうもんじゃないのか？　最初は互いに気を遣ってても、じきに気兼ねなくちゃんと話せるようになるもんだろ？」

「そうかもしれませんが……そうじゃないと言いますか」

天海はもっと難しそうな顔になった。自分の伝えたいことが上手《うま》く言葉にできず、もどかしそうにメモを持った両手を揺すっている。

「我《わ》が儘《まま》だとは分かっています。しかし、友達というものは無理になるものではなく、もっと自然な感じになるものと言いますか、自然に話ができる者同士がなるものと言いますか……」

考えながら話すようにゆっくりと言葉を紡ぎ出していき、最後にすうっと息を吸い込んで一言吐《は》き出す。

「ともかく、友達というものはもっと違うんですっ」

その言葉にすべての答えが詰まっているとでも言いたげな声だった。少し変わっているかもしれないが、それが彼女なりの友達観というものなのだろう。

天海は気合を入れるように肩に力を入れ、ぐっと顔を近付けてきた。

「そこで今日の林間学校なわけです」

「どういうわけだよ……」

危ないな。ハチミツの香りがちょっと漂ってきたじゃないか。

俺《おれ》が顔を逸《そ》らしつつ呟《つぶや》くと、天海は人差し指を一本立てて説明する。

「林間学校の最中であれば、比較的簡単に自然と誰かに話しかけることができ、話している内に気の合う人も見つけられる、というわけです。ですから、今日は頑張らないと、なのです」

「頑張らないとって、お前、そういえばハイキングは大丈夫なのか？　体力なさそうだし、汗かくだろ？」

天海は胸を張って答える。

「ふっふーん、大丈夫です。この日のためにちゃんとトレーニングは積んでおきました。毎朝毎晩、楓《かえで》と一緒にジョギングをして鍛えています」

えっへん、とドヤ顔をする天海。

「楓に『まともに走れるようになるには三年かかるわ』と言ってもらえたほどです」

「それ褒められてないよな」

構わず天海《あまみ》は続ける。

「それに汗対策はちゃんとしてきました。ご安心ください」

「一応今日のために色々考えてきたんだな」

ちょっとばかし心配なことはあるが、こんなにやる気満々なやつに、もうこれ以上ブレーキとなるようなことは言えない。

「そこまで言うなら、わかった。今日はできるだけ一緒にいて、ちゃんと協力してやる。だから頑張れな」

俺《おれ》が誠心誠意のエールを込めてそう言うと、照れくさかったのか、天海は頰《ほお》をほんのりピンク色に染め、手に持つメモを食い入るように見つめ始めた。

「あ、ありがとうございます。そうですね、ベア君はちゃんと私についていてください」

俺、そんなに恥ずかしいこと言ったっけ……？　まあいい。

「ところでさっきからじっと見てるそのメモは何だ？」

天海は手のメモに視線を下ろし、困ったように眉《まゆ》を顰《ひそ》めて俺に顔を戻した。

「これはその……」

「見てもいいか？」

「いいですが、わ、笑いませんか？」

「笑わないよ」

内容にもよるがな。

俺は天海の手からメモを取って読む。そこには、カラフルな丸文字でこう綴《つづ》ってあった。


〜友達づくりのためのスリーステップ〜
1．とにかく笑顔！
2．何でも遠慮せずに話す！
3．ちゃんと「友達になってください！」と言うこと！
この三つをやれば必ず友達ができるわ。頑張ってね、お姉ちゃん！


「なんだこれ……」

「昨晩、今日のために楓《かえで》がくれた友達づくりのポイントです」

「確かにこの三つがしっかりできれば友達はできるかもしれないが……」

どれも天海にはハードルが高すぎるだろ……。天海が実行している姿を一つたりとも想像できないぞ。今日が天海にとって大きなチャンスとなると思った楓が、つい張り切ってしまったんだろう。

天海は頭を抱えてダークな雰囲気を醸し出す。

「このメモ通りにしようとイメージしていたら憂鬱になってきまして……。あの、ベア君、笑顔ってこうでいいんでしたっけ？」

「うおわっ⁉」

ぬうっと天海《あまみ》が顔を上げた。

天海が作った表情は、とてもじゃないが笑顔と呼べるものではない。口はよく開かれているが、目は真剣そのもの。これでは脅かそうとしているようにしか見えない。寝不足のダルそうな感じが相俟《あいま》って余計に怖かった。

「天海、笑顔は無理にしなくてもいいんじゃないか……？」

「そうですか……検討してみます」

天海は考えるように眉間《みけん》に皺《しわ》を寄せた。

おいおい、こんな調子では先が思いやられるぞ……。

そうこうしている内にバスは、山の中腹に開かれた広めの駐車場で停車した。

「おっ、着いたみたいだな」

大きな期待と些《いささ》かの不安が渦巻く林間学校が幕を開けたのだった。

◇◇◇

バスから降りると、途端に木々と土の香りが全身を包んだ。

深呼吸をすれば涼しく心地よい空気で肺が満たされる。半分はクマだからか、リラックスすると共に血が騒ぎ始めた。ハチミツを前にした時の興奮と少し似ているかもしれない。

「阿部《あべ》君、そこを退《ど》いてはもらえないかな？」

後ろに誰もいないと思っていたが、まだ残っていたらしい。俺《おれ》は一歩脇へずれて謝った。

「あ、すま……………は……？」

相手を見て唖然《あぜん》とした。

皆と同じ体操ジャージの上に灰色の毛皮を羽織り、腰に短剣をさげている。背中には、長く黒光りする猟銃。そんな生徒、日夏《ひなつ》高校どころか日本中探しても一人しかいない。

我がクラスの学級委員長こと、鈴木麗奈《すずきれな》である。

鈴木は校則に従って、マタギグッズを毎朝職員室へ預けていた。放課後になれば戻ってくるのだが、マタギグッズを送り出す鈴木と言ったら、ドナドナされる我が子を見送る母のようで、どこか元気がないまま学校生活を過ごしていた。そのせいか、今日はずっとマタギグッズと一緒に過ごせて生き生きとした顔をしている。

あれからクマ討伐《とうばつ》隊は、巡回と言って学校中をうろつくようになり、放課後は鈴木コーチのもとハードなトレーニングを積んでいる。俺の不安は日々増していくばかりだ。

「どうした阿部君？　震えているのか？」

「え……」

鈴木《すずき》に言われて気が付いた。俺《おれ》は小刻みに震えていたのだ。鈴木に対する恐怖心がそうさせたようである。

「い、いやっ！　何でもないっ！　ちょっとひんやりしてるなって思っただけだ！」

咄嗟《とっさ》に誤魔化《ごまか》したものの、冷や汗が止まらない。

怪しいと思ったのか、鈴木は切れ長な目でじっと見つめてくる。まさかこれでクマだと見抜かれるとは思わないが、どうしても鼓動が加速してしまう。

「阿部《あべ》君」

「な、なんだっ⁉」

声が裏返った。

鈴木は俺の肩に手を伸ばし、一言。

「山は冷えやすいから気を付けたまえ。私の毛皮がもう一着ある。よかったら着てみないかい？」

「い、いや……遠慮する……」

「そうか。だが欲しくなったらいつでも言ってくれたまえ」

「……ありがとう」

「うむ」

鈴木は深々と頷《うなず》くと、長く美しい髪をなびかせて速足でその場を去っていった。

ふぅ、どうにか乗り切れたようだ。

「おー！　鈴木氏！　おはようなのであります！」

鈴木が向かった先には、迷彩衣装を身に纏《まと》った一風変わった格好の集団があった。言わずもがな、クマ討伐《とうばつ》隊である。そのリーダーである佐東《さとう》が鈴木に温かく挨拶をしていた。

「うむ、おはよう」

「ついにこの日が来たでありますな、鈴木氏！　この山は数年前にクマが目撃された山であります！　この辺りの伝承でも、クマについての記録は多々あるのでありますぞ！　きっとクマがいるのであります！　学校でのクマ目撃はあれきりなかったでありますが、今日は心機一転、ここまでの特訓の成果を発揮するのであります！」

高揚した声で意気込みを語る佐東。その言葉から察するに、今日は山のクマを標的にしているらしい。それならば、俺も少しは気を抜けるだろうか。

「うむ。少しでもクマらしきものを見つけたら、容赦なく射抜かせてもらおう」

……前言撤回。俺は少したりともクマ化をしてはいけない。

佐東が青い空を見上げた。その眼鏡のレンズに遠い過去の記憶を思い起こすように。

「ようやく訪れたクマ討伐のチャンスでありますな、鈴木氏。思えば長かったのであります……クマを倒そうと誓ったあの日のことを覚えているでありますか？」

「うむ」

ん、こいつらにもクマを倒す理由というものがあったのか。

鈴木《すずき》も空を見上げた。普段は表情をほとんど変えない鈴木が珍しく哀愁に満ちた表情だ。一体どんな理由があるというのだろう。鈴木が空に語り掛けるかのように話す。

「あの……獣料理を振舞う山賊屋で、クマ肉が手に入らなくなった日のことだな。それ以来、毎度注文していたクマ鍋が食べられなくなった悲しみは今でも忘れない」

……まさか俺《おれ》は、クマ鍋の材料のために狩られようとしていたのか……。そんなの堪《たま》ったもんじゃない。

「クマ肉ゲットのために頑張るのであります！」

佐東《さとう》がグッと鈴木に拳《こぶし》を突き出した。やる気満々の様子である。

「うむ！」

鈴木もグーにした手を突き出して、拳を合わせていた。そしてじゅるりと涎《よだれ》をすする。

こっちもこっちでやる気満々のようである。

俺の林間学校がろくなものにはならないだろうことが、今この瞬間決定した。

◇◇◇

「鈴木委員長たちって、なんかすごいよなぁ～。オレもクマ討伐《とうばつ》隊に入ろうかなぁ」

「頼むからやめてくれ、河野《こうの》……」

木々のトンネルをくぐり、土や木の根でできた階段を登っていく。一学年全員がクラスや班ごとにまとまって列を成し、大半の生徒はお喋《しゃべ》りやしりとりなどをしながら歩みを進めているようだ。

ちなみに俺の班は、隣を歩く河野とすぐ後ろを一人で歩く天海《あまみ》、そして、さらにその後ろで他のクラスメイトたちに囲まれて歩く鈴木だった。そう、俺は鈴木と同じ班になってしまったのである。

班決めをする際に、担任教師は言った。「好きなやつと四人組の班を作れ」と。その言葉に従い、俺はどうにか河野と天海と三人組を作るところまではできた。しかし、四人目が見つからなかった。そこに現れたのが鈴木である。

鈴木は、行先である山にクマが生息すると分かると、クマ討伐隊の仲間として班員を募集し始めた。そのせいでクラスメイト達が一斉に遠ざかり、孤立してしまったのだ。お互い他に組む相手もいなかったため、ほぼ強制的に俺たちは班を作る羽目になった。

鈴木はさっきから女子生徒たちとお喋りで盛り上がっているようだが、一体何を話しているのだろう。あいつがまともに女子トークなどできるようにも思えないが……。

さっきから天海は、その鈴木のグループに交ざろうと振り向きかけてはやめている。まるできょろきょろと周囲を気にする小動物のようだ。

俺《おれ》は天海《あまみ》を心の中で頑張れと応援し、河野《こうの》との話に意識を戻す。

河野がニヤニヤと肘で突《つつ》いてきた。

「そーいやお前、さっきバスから降りる時鈴木《すずき》委員長とちょっと話してたじゃんか。羨《うらや》ましいやつめ。何話してたんだよー？」

「別に、ちょっと肌寒いって言ったら、毛皮を貸してくれるって言ってくれただけだ」

そんなところからも分かる通り、鈴木は多少……いやかなり、常識というものが欠如しているのが玉《たま》に瑕《きず》である。それさえちゃんとしていれば、本当に完璧な美少女なのにな。

河野が妬《ねた》ましそうに俺を見た。

「いいなぁ！　オレだったらぜってぇー借りてるぜっ！　もったいねぇことしたなー！」

「この場で毛皮を羽織る勇気は俺にはない」

「それでもオレなら羽織る！　だって鈴木委員長のお手製だろきっと！　女の子が作ったもの着られるんだぜ！」

「お前ってある意味すごいよな……」

いくら女の子の手作りだとしても毛皮は嫌だ。鈴木のことだから、自分で狩って毛皮を手に入れていそうだし。もはや河野は、可愛《かわい》い女の子であれば何でもウェルカムなんだな。

「すごいのは鈴木委員長だろーよ。銃使えるとかカッコ良すぎだろ」

「ほんとにな……」

鈴木は一番警戒するべき人間だ。あいつの前でクマ化をすれば即座に鉛弾が飛んでくることだろう。この林間学校では体を動かすことが多いから天海が汗をかくかもしれないっていうのに、これではあいつの手助けもしにくい。

「ところで阿部《あべ》さんよぉ」

唐突に河野がにんまりとした顔をぐっと近付け、後ろには聞こえないような小声で言う。

「お前、最近天海桜《さくら》さんと仲いいじゃんか。おまけに妹の楓《かえで》さんともよく一緒にいる姿を見るって声も聞いたぜ。日夏《ひなつ》高校一学年二大美少女の二人とも狙っているってことか？」

ニタニタしながら軽く肘でつついてくる河野に一つ気になったことを訊《たず》ねる。

「ちょっと待て。二大美少女って、楓もか？」

「双子なんだから当然だろ～？　同じ顔してんだからよ」

「なるほど、それもそうか」

河野がニタッとして口を開いた。

「で、どうなんだよ阿部。どっちかと付き合ってたりすんのか？」

「いや、どちらとも付き合ってるとかじゃない。断じて違う」

「ほんとかよ？　ま、付き合っていようがいまいが、いいよな～。何せ二大美少女だぜ？　楓さんは最近女子とは話すようになったけど基本誰とも関わろうとしない感じだし、天海さんは高嶺《たかね》の花《はな》って感じだからな～。その二人ともと話せるってだけで羨ましいぜ～」

楓《かえで》が高嶺《たかね》の花《はな》だって？　あれはただのクマニアだ。

その後も河野《こうの》の天海《あまみ》姉妹のここがいい、ここが可愛《かわい》い談義を適当に流していると、いつの間にか平らで真《ま》っ直《す》ぐな道へ入っており、ここで休憩時間となった。この場で軽い水分補給などを行う。

俺《おれ》も他の生徒と同じようにリュックを下ろして水筒を出そうとすると、いきなり服の裾を誰かに引っ張られた。

「ベア君……っ！」

「なん……うっ」

真後ろから聞こえてきた囁《ささや》き声に振り向くと、その瞬間、甘い香りが鼻孔《びこう》をくすぐった。

「天海……っ！　お前汗を……っ！」

俺の背中に隠れるようにして天海が佇《たたず》んでいた。姿勢を低くし、縮こまっているようだ。

その小さな体から、濃く甘いハチミツの香りが溢《あふ》れてきている。

まずい、このままではクマ化してしまう……！

「天海……ちょっと待ってくれっ」

俺は背負ったリュックのポケットから鼻栓とマスクを取り出し装着した。

「ベア君、なんですかそれ？　不審者みたいですよ？」

と、天海のジト目。

「お前のハチミツを嗅がないように着けてるんだろ！　そもそもお前、汗対策は万全だとか言ってただろ！　どうして今汗かいてるんだよ⁉」

天海は気まずそうに目を逸《そ》らした。

「その、制汗スプレーを念入りに使い、冷却シートを体中に貼っていたのですがダメでした……と、とにかく助けてくださいっ！」

天海がうるうると目を潤ませ、助けを求めてきた。

俺は天海と協力関係を結んだ。ここで見捨てるわけにもいかない。

そうだ。だから決して、天海のハチミツを舐《な》めたいだけだとか、舐められるからといってわくわくしているわけではない。断じて、ない！

「わかった、俺が必ず助けてやる」

俺がそう言うと、天海は少しだけほっとしたように口元を緩ませていた。

しかし、問題は鈴木《すずき》だ。彼女は俺たちと同じ班のため、今も近くにいる。こいつにも舐めるところを見つかれば、俺は猟銃の餌食《えじき》になってしまう。

俺は近くで休憩をしている鈴木に目を向けた。

……鈴木はまだクラスの女子たちに囲まれて楽しげにお喋《しゃべ》りをしている。今がチャンスだろう。だが、以前昇降口前で生徒たちに囲まれている中、遠く離れた俺に気付いたのだ。油断はできない。

俺《おれ》はまず河野《こうの》のもとまで行き、静かに耳打ちした。

「おい河野」

「んお？　って、どうしたんだ、そのマスク？」

「え、あ、いや、ちょっと花粉症でな」

「そうか。で、どうしたんだ？」

「実はな、さっき鈴木《すずき》が言ってたんだが、こんな山の中を奇声上げて走る漢《おとこ》らしい山男が好きだと言ってたぞ」

「おいおい、まじかよ……!?」

河野の目の色が変わった。もちろん鈴木はそんなことなんか言っていない。だが、それを真に受けた河野は目を見開き、鞭《むち》を打たれた馬の如《ごと》く走り出した。

「キエェエエエエエエエエエエエエエエエエ!!」

休憩する生徒の脇をすり抜けて走って行く河野。なんだなんだと、生徒全員の視線が彼に集まった。もちろん鈴木の目もあいつに釘《くぎ》づけだ。河野、お前の犠牲は無駄にはしない。

生徒たちが河野に気を取られている隙に、俺と天海《あまみ》は鈴木をはじめとした周りの目に注意しながら近くの茂みに入り込んだ。そして、普通に話しても列の生徒からは聞こえないというほどの位置まで来るとしゃがみ込む。

「よし」

俺はマスクと鼻栓を取り、思いっきり深呼吸をして天海のハチミツの香りを吸い込んだ。

するとぴょんと飛び出すように頭にクマ耳が生えた感触がした。

「じゃあ、舐《な》めようか！」

「ベア君……気色悪いです……」

天海は美しくも冷たく鋭《するど》い眼差《まなざ》しで俺を見た。それから、ふっといつもの表情に戻ると
ハイキングコースの方を気にする素振りを見せた。

「ところで、よかったのですか？　さっきの人、今頃先生に叱られていますよ？」

「河野のことか？　あぁ、まあ、悪いとは思ってる……」

俺は河野がいると思われる方へ向き、静かに手を合わせて拝んでおいた。

「ベア君がそう言うのであれば、私はいいですけど……」

そう言う天海の顔は青白く見えた。今気付いたが、もうすでに疲労困憊《ひろうこんぱい》といった様子だ。

「天海、大丈夫か？」

「何がです？」

「慣れない運動をしている上に、さっきは鈴木たちのグループに入ろうと頑張ってるよう
だったしな」

天海は激しく首を横に振った。

「だ、大丈夫ですよ。それよりご自分の心配をしたらどうです？　あの人、今日も大きな

銃を携《たずさ》えてきたではありませんか」

「ああ、正直予想外だった。とんでもないことするよな、鈴木《すずき》のやつ」

今もいつ鈴木の銃弾が飛んでくるかと冷や冷やだ。あいつと一緒にいると心臓がいくつあっても足りやしない。

天海《あまみ》は俯《うつむ》いて小さく唇《くちびる》を動かす。

「……私を手助けしようと、あまり無理をしないでください。その……ベア君が傷付くのは嫌です」

普段であれば聞こえるかどうかぎりぎりの声だったが、クマ化した今の俺《おれ》にはよく聞こえた。天海の優しい言葉が。

「ひょっとして天海。俺のこと心配してくれてるのか？」

天海の顔が一気に紅潮した。

「なっ⁉ そっ、そんなわけありませんっ！ ベア君の心配をするくらいでしたら、ミジンコが絶滅しないかと心配します！」

「どんな心配だよ……」

それにしても、まったく。素直じゃないな天海は。なんだかんだいってこいつは、色々人のことを気遣えるいいやつなんだよな。

「気にするな天海。俺は大丈夫だ」

天海は照れくさそうに顔を赤くしていた。そんな彼女の頭を撫《な》でるようにして手を置いて、優しく言う。

「それにせっかく協力関係になったんだ。これくらい協力させてくれよ」

「……わかりました。では、お願いします」

天海は耳まで真っ赤に染まっていた。何をそこまで恥ずかしがっているのか。

「じゃあ、舐《な》めるぞ？」

天海がぎゅっと目を瞑《つぶ》って頷《うなず》いた。

さあ、ようやく天海のハチミツが舐められるぞ。ああ久々だな！

もし俺に尻尾が生えていたなら、ひょこひょこと元気に振り回していたかもしれない。

天海は呆《あき》れたように深くため息を吐《つ》きつつ、体操ジャージの上着のチャックを開けた。

「変態ベア君……」

天海は口元を押さえ、手の中で囁《ささや》いた。しかし、躊躇《ためら》っている暇なんてない。俺はそんな彼女の喉元に舌を這《は》わせた。

「うっ……んっ……が、がっつきすぎでっ……あぅ」

「だが、早く舐めないと、そろそろ休憩時間が終わってしまうかもしれない……！」

舐めながら喋《しゃべ》ると、息がかかって余計にくすぐったかったのか、天海は声にならない喘《あえ》ぎ声を上げた。

わずかに漏れた息遣いの音も、森の葉や土へと吸収されていった。

「〰〰〰〰っ！」

◇◇◇

中間地点の開けた場所で弁当を食べ、さらに少し歩くと目的地のキャンプ場に到着した。その間も天海《あまみ》は誰かに話しかけようとしたり、一言二言クラスメイトと挨拶を交わしたりなど頑張っていた。

日夏《ひなつ》高校第一学年はお世話になるキャンプ場の管理人に挨拶をし、クラスごとに今夜宿泊するキャビンへと移動。

キャンプといってもテントを張るわけではなく、木造二階建てのキャビンに泊まる。丸太を積んだ壁に三角屋根が乗っかった建物だ。一階と二階に二段ベッドが計五つあり、十人で宿泊する。俺《おれ》たちB組の男子は二十人なので、二つに分かれて泊まる。確か、女子も同じような状況のはずだ。

キャビンの横には野外炉《やがいろ》と長椅子が並べられたスペースがあった。高めの屋根だけが取り付けられている構造のため、炉で火を焚《た》いてもよく換気ができそうだ。その向こうには水場があり、そこで調理が可能らしい。

陽《ひ》が傾き始める頃までキャビンにて休憩をすると、調理スペースに移動し、今夜の夕食であるバーベキューの準備が始まった。ここからは班ごとでの活動となる。四人一組で、火おこしや食材の準備などを行うのだ。

「よぉーし！　クッキングタイムだぜっ！」

「テンション高いな、河野《こうの》」

河野はきらきらスマイルで言う。

「あたぼーよぉー！　鈴木《すずき》委員長や天海《あまみ》さんと同じ班なんだぜ！　これでテンション高くならない男子はいないぜ！」

「俺《おれ》はテンションダダ下がりだ……」

原因は鈴木だ。こいつの近くでクマ化すればただでは済まない。ここはどうにか目立たないように振舞いたい。しかし、目立ち過ぎないというのもかえって目立つ。いい塩梅《あんばい》で活動に参加するよう心がけよう。

ちなみに、この夕食準備の危険はそれだけじゃない。バーベキューは火の近くで行うものだ。火といえば熱い。そう、つまり天海が汗をかきやすくなるということである。これには何としても気を付けたいところだ。

「さて、役割分担はどうするかね？」

俺の心中を知る由《よし》もない鈴木が問いかけてきた。

今の鈴木は、毛皮は羽織らず、代わりにエプロンを身に着けている。彼女がそんな家庭的な格好をしているというのは、不似合い感というか、一種の不気味さが漂っていた。なおも背負っている猟銃が似合わなさをより一層高めている。俺を含めた他三人も同じようにエプロンを着用しているが、この中で一番似合っていないのは間違いなく鈴木だ。

逆に天海のエプロン姿はよく似合っていた。邪魔にならないようにするためか、髪をアップにしてまとめているのが新鮮でいい。

さて、役割分担をどうするかだったな。俺は河野を見る。

「そうだな……。河野、お前料理はどのくらいできる？」

「カップ麺なら得意だぜ！」

自信いっぱいにそう答えた河野に俺は苦笑する。

「俺もそんなところだな」

嘘《うそ》だ。本当は家でハチミツを生かした料理について長年研究してきている。だが、そのことについて詮索《せんさく》されるのも怖かったからそう答えておいた。

次に俺は女子たちに向く。

「鈴木はどうだ？」

「うむ、山中で仕入れた獣や山菜を使った料理には自信がある。中でもマムシの姿焼きは絶品だぞ。毒蛇で捕獲は命がけだが、それに見合うだけの味がする。そういえばこの山にもマムシはいそうだな。ここで振舞うというのも――」

「あ、天海《あまみ》、お前は料理できるか？」

鈴木《すずき》の話の途中で天海に向いた。

「家の手伝いで厨房《ちゅうぼう》に入るということはあります。ですが……」

「そういえばお前の家は喫茶店だったよな」

「はい、でも……」

家の手伝いで厨房に入っているというのであれば申し分ない。やはり慣れている人の方がいいだろう。鈴木もそう思ったのか、次のように提案する。

「うむ、では私と天海君はこちらで野菜を切る仕事をもらおう。阿部《あべ》君と河野《こうの》君は向こうで火おこしを頼まれてくれたまえ」

「え、あの、ですから」

天海が困ったように何かを言おうとして、俺《おれ》に助け舟を求める眼差《まなざ》しを向けてきた。分かる、分かるぞ天海。お前は、鈴木と二人きりになるのを恐れてるんだな。だが安心しろ。できる限り一緒にいて、ちゃんと協力してやると誓ったからな。任せておけ。

「わかった、だが火おこしは河野一人で十分だろうから俺もこっちで野菜を切る作業をさせてくれ」

そう言うと、大方予想はしていたが、河野が異議を唱えてきた。

「ああ！　阿部このやろう！　さてはオレだけハブって女子を独り占めしようという魂胆だな！　両手に花で羨《うらや》ましいぞかわれ！」

女子とお近づきになることに飢えている河野だが、それが鈴木と天海となればなおさらだ。俺はそんな河野に耳打ちする。

「そういえばさっき天海が、ライターもマッチも使わずに原始的な方法だけで火を点《つ》ける漢《おとこ》らしい山男がタイプだと言ってたぞ？」

「ほんとうかよっ！」

「ああ本当だ。なあ天海？」

「は？　え……はい」

状況をうまく呑《の》み込《こ》めてない様子の天海だったが、何とか合わせてくれた。彼女のか弱い返事をしかと耳に入れた河野は、今度も真に受け、気合たっぷりに野外炉《やがいろ》の方へと走って行く。

「こうしちゃいられないぜっ！　よぉし！　天海さんにオレの火おこしテクを見せてやるぜ！　おぉ――――！」

あいつには申し訳ないが、天海の友達づくり大作戦のためだ。元気に去って行く河野の背中に、俺は謝罪の気持ちを込めて手を合わせた。

だが、これで天海と鈴木の様子を窺《うかが》い、いつでもフォローが入れられる。

「そういうわけで、いいだろ、鈴木《すずき》？」

訊《たず》ねると、鈴木は首肯《しゅこう》した。

「了解した。では、阿部《あべ》君はまず野菜を洗ってくれたまえ。私と天海《あまみ》君で野菜を切っていくこととしよう」

そういうわけで、クマとハチミツとマタギが共同作業を行うこととなってしまった。なんとも奇妙な取り合わせである。本当は今すぐ逃げ出したい気分だったが、天海のため、ここは我慢してアライグマのようにゴシゴシと野菜を洗い続けよう。

「天海君」

タイルシンクの脇に置かれた古い木製テーブルの前に横並びに立ち、作業を始めようとして早々、鈴木が声を掛けた。あまりの不意打ちに天海は驚いて目を丸くし、動揺した声音で返事をする。

「な、なんですか？」

「そこのまな板と包丁を取ってもらえるかな？」

「これですか？」

天海の近くに置いてあったまな板と包丁の束から一セット取って手渡す。

「すまない。助かった、天海君」

「……」

「……」

いやいやいや、もっと話せよ！　お前たちそれでも花の女子高生か⁉　それとも、男の知らない所では女同士ってこんな話さないもんなのか？　……ったく、仕方ないな。

俺《おれ》は洗い終わったキャベツを天海のまな板に置きながら小声で言う。

「おい、天海。何か話でもしたらどうだ？」

「分かっていますっ！」

天海は苛立《いらだ》たしげにそう言って、鈴木を見た。

「〰〰〰っ」

鈴木の身に着けているものなどから話題を探っているのだろう。頭のてっぺんから足の爪先まで、あちこちに目を向けていく。けれども、何について触れてよいか分からず、クルクルと目を回してしまっていた。

「どうしたのかね、天海君」

じーっと唸《うな》りながら見つめていたせいで、鈴木に不審に思われてしまった。天海は咄嗟《とっさ》に言葉を絞り出す。

「えっと……そ、その……可愛《かわい》いですね」

「可愛い？」

とりあえず褒める手段に出たようだ。

「はい。えっと……可愛《かわい》いですね、そ、その猟銃」

よりにもよって猟銃っ⁉　いくらなんでもそれはないだろ天海《あまみ》。鈴木《すずき》だって猟銃を可愛いと言われて困るのではないだろうか。

「うむ、分かるかね。この子は祖父からいただいたミロクちゃんだ。銃身の黒く輝く鋭《するど》いフォルム。銃床《じゆうしよう》の温かみある木の色。美しいだろう」

「は、はい……わかります」

鈴木はなぜか嬉《うれ》しそうだった……。女の子が自分のアクセサリーを褒められたときのように高揚した調子である。これには、言った本人も唖然《あぜん》としていた。

鈴木は猟銃を手に持ち、天海に差し出す。

「どうかね。天海君も持ってみるかね？」

「……遠慮します」

「なに、遠慮することはないんだぞ？」

「ありがたいお言葉ですが、また今度にさせていただきます」

「そうか。触りたいときはいつでも言ってくれたまえ」

「は、はい………」

天海は会話が一段落ついたことに安堵《あんど》の息を漏らし、包丁を手に取ってキャベツを切ろうとした。

「ところで天海君」

またも鈴木に声を掛けられ狼狽《ろうばい》する天海。そんな天海の手元に目を向けつつ鈴木が言う。

「包丁はそうやって持つと危ないぞ?」

天海は包丁の刃を逆手にして握りしめていた。これから誰か殺《や》りにいこうとでもいうのであればしっくりくる構えだ。

だが天海は、言われても何が間違っているのか分からないといった様子で、ポカンと首を傾《かし》げていた。ひょっとして、包丁の握り方を知らないのか?

天海……家の厨房《ちゅうぼう》を手伝うことがあると言ったよな……? これは一体……?

見かねた鈴木が自分の包丁を持って手本を見せる。

「包丁は、こう持つといい」

人差し指と親指で刃の付け根辺りを挟むようにして握る鈴木を見て顔を真っ赤に染め、持ち方を修正した。

「し、知っています……! 今のはわざとやったのです!」

天海は今の出来事を上書きするように、ビュンと包丁を振り下ろしてキャベツを真っ二つに切り裂いた。

「うむ、その勢いは素晴らしい。今度ぜひ獲物の解体を手伝ってほしいほどだ。しかし、包丁はそうやって使うと危ない。こうして軽く前後に動かすだけでも簡単に切れるぞ」

「……はい」

初めはどうなることかと思ったが、鈴木《すずき》は天海《あまみ》を気に入ったようだった。一方の天海は熟したリンゴのように真っ赤に染まり、ぷくんと頬《ほお》を膨らませて鈴木の料理レッスンを受けるのであった。

いざバーベキューが始まってもふくれっ面の天海を見て、河野《こうの》が俺《おれ》に訊《き》いてきた。

「天海さん……どうしたんだよ？」

「ちょっとな」

「そーかぁ、せっかく天海さんにオレが火を起こした華麗なる瞬間についてお話ししたかったんだが、やめといた方がよさそうだなぁ～」

俺と鈴木は、U字溝に被《かぶ》せた金網の上に肉や野菜を並べていく。キャンプ場のサービスでご飯も自由に食べることができ、全部食べ切れるか心配なくらいの食材たちが控えている。しかし、それは杞憂《きゆう》に終わるだろう。

「すごいな、天海……」

俺の正面で、焼き上がった食材を次々口に放り込む食いしん坊がいたからだ。これには河野も呆然《ぼうぜん》としている。昼食として弁当だけでなくパンやお菓子を貪《むさぼ》るこいつの姿を知らなきゃ、確かに驚くよな。

差し詰め天海は、不覚にも鈴木から料理レッスンを受けたことによるストレスの憂《う》さ晴らしに爆食いしているのだろう。こんな調子では、天海と鈴木が今後話をするというのは難しいかもしれない。

「いい食べっぷりだ、天海君。どんどん焼くぞ」

鈴木の方はというと、このようにすっかり天海を気に入ったようで、食事の時もしきりに話しかけようとしていた。

「ベア君、手を止めないでください。金網の上がお留守ですよ？」

「ああ、わかっ……って、いつの間に⁉　つい今さっきいっぱいまで置いたぞ⁉」

「私の胃袋を舐《な》めないでください」

天海は誇らしそうにお腹《なか》を突き出した。どういうマジックか、すでに大容量を詰め込んだはずのその腹はまるで膨れてる様子もなく、いつも通りの細いウエストにとどめている。

「お前の胃袋までは舐めようとは思わねぇよ」

俺は天海の口に入れられるスピードと競い合うようにして、食材を金網の上に乗せていくのだった。

◇◇◇

すっかり夜になった頃、本日最後のイベントが始まった。

鬱蒼《うっそう》とした木々に囲まれた広場の中央に高く燃え盛る炎。キャンプの定番、キャンプファイヤーである。

キャンプファイヤーといえばフォークダンスだが、俺《おれ》たちの学校の場合は自由参加のため、参加しているのは女子と手を繋《つな》げると思った男子たちばかりである。残った生徒たちは、それを遠巻きに眺めたり、追いかけっこをしたりして楽しんでいるようだ。

俺は隣に座る天海《あまみ》に目を向けた。赤みがかった炎の光を浴びて橙色《だいだいいろ》に浮かび上がるロングヘアのシルエット。薄《うっす》ら発光するかの如《ごと》く白い肌。キャンプファイヤーの火をこんな女子と二人で見つめるというのは、男子たちみんなの憧れかもしれない。けれども、天海にとってはこれじゃいけない。

「天海、あのグループにでも行ってみたらどうだ?」

俺はある一つの女子グループを指差して言った。それはクラスでも大人しめの女子グループだった。

「ここにいては邪魔ということですか?」

天海はムスッとして頬《ほお》を膨らませた。

「そんなことはないが、このままじゃ林間学校が終わってしまうぞ?」

「そう、ですよね。せっかくのチャンスなのに……」

天海はえらく弱気になっていた。うまくやることができない自分に自信がなくなっているのだろうか。こうなってしまっては、無理にやれとも言えない。

むしろよく頑張ってると思う。今日に限らず、天海はこの一週間ほど本当によく努力し、これまでからは考えられないほど成長している。今日の経験で、今後の友達づくりにも活《い》かせる何かを得られただろう。そんなようなことを言おうとした時だった。

「ちょっと話しかけてみます」

天海が立ち上がり、体操着の尻を叩《はた》きながらそう言った。その視線の先にはさっき俺が指差した女子グループ。天海は、勇気を振り絞って一歩踏み出そうというのである。

「ああ、友達つくってこい」

もしうまくいけば、もうこれまでのように一人で過ごす教室ではなくなる。最近は屋上で天海と昼食を食べるのが日課となっていたが、もうそれもないかもしれないな。

俺も立ち上がってエールを送ろうとしたところで、けたたましい声が降り注いできた。

「なあ天海さん！　オレと一緒に踊ろうぜ！」

それは異常にテンションが上がった河野《こうの》だった。酒でも入っているのではないかと思うほどだ。おそらく場の空気にあてられて気分が酔ってしまったのだろう。

「え、と……その」

天海はどう対応したものかと困ってしまっているようだった。

「悪いな河野《こうの》。天海《あまみ》はこれから他のやつと遊ぶことになってるんだ」

「他のやつ……あ、さてはこの後お前たち二人でイチャイチャするんだなっ！　やっぱり付き合ってたのか！」

「ちげーよ……」

またもこいつは色恋沙汰に結び付けやがって……。こんなことを言われては、きっと天海もムスッとした顔で腹を立てているに違いない。呆《あき》れつつ何気なく天海の表情を窺《うかが》うと、案の定、燃え上がるように顔を真っ赤に染めていた。

「わ、わた私がべ、ベア君と……っ⁉」

……って、これは照れているというやつではないだろうか。いくらからかわれ慣れていないからって、リアクションが大きすぎるだろ。……待てよ。燃え上がるだって……？

天海の肌は、キャンプファイヤーの光でてらてらと輝いている。ハチミツの汗だ。

「よし河野！　俺《おれ》たちで踊らないか！」

「んあ？　いきなりなんだよ。気持ち悪いな……」

急いで河野とこの場から去ろうとするが、河野は俺から引くばかりで動こうとしない。これでは天海のハチミツの香りに気付かれてしまう！　こうなったら強引にでも！

「すまない河野！　俺はどうしても踊りたくなったんだ！」

「はあ？　意味わからんぞ」

河野を連れ去ろうとする横で、天海はフリーズしたかのようにぶつぶつ唱えていた。

「私がベア君とイチャイチャ……ベア君と付き合って……」

「お前はこの世界に戻ってこーい天海！」

くそ、早くこの場から離れないと危ないってのに……っ！

しかし、手遅れだった。天海の方に顔を向けた瞬間、甘い香りが漂ってきたのだ。離れていても強烈に感じる。そして――

「……っ⁉　おい阿部《あべ》、なんだよ、その耳……？」

――河野が俺に向かって大きく目を見開いていた。変な酔いも一瞬で覚めたようだ。何を見たかは容易に想像できる。見られてしまっては仕方ない。

「すまん河野っ！」

「ぶごぉっ」

硬く握った拳《こぶし》を河野の頭に振り下ろすと、蛙《かえる》が潰《つぶ》れる時のような声を出して倒れた。クマ化したことにより腕力が向上していたおかげで簡単に意識を奪うことができたようだ。

すまない河野！　今度何か奢《おご》るから許せ！

「天海っ！」

「えっ」

突然名前を呼ばれたことに戸惑いの声を上げた。そして、いつの間にか目の前に倒れている河野《こうの》の姿を見て息を呑《の》む。

さっきの音で注目を集めてしまうかもしれない。のんびりはしていられない。俺《おれ》は天海《あまみ》の腰を抱きかかえ、脇に担いで背面の森に飛び込もうとした。

「ちょっ、ベア君、イチャイチャってこれですか⁉　こんなのがイチャイチャですか⁉」

「ちげーよっ！　頼むから暴れないでくれ！」

意図を汲《く》み取《と》ってくれない天海がポコポコと柔らかい拳《こぶし》をぶつけてきた。痛くはないが、重心がずれてしまって走る時にバランスが取りづらい。おそらく、さっき河野にからかわれた混乱が治まっていないのだろう。

天海を抱え込むような姿勢のため、ハチミツの濃厚な香りをどっと吸ってしまった。たまらない香りだ……！　ってよだれを垂らしている場合ではない！

「きゃぁー！　クマぁー！　クマぁー！」

警告音のような高い叫び声が轟《とどろ》いた。どこかの女子生徒に見つかってしまったようである。それを聞いた周りの生徒たちが連鎖的にパニックじみた声を上げていく。この広場から抜けられる唯一の道からキャビンのほうへ逃げていく生徒たちもいた。

今の俺はほとんどクマの姿をしてるんだな。

だが、あと数歩もすれば森の中に入り、身を潜《ひそ》めることができる。俺はやけくそ気味に足を動かした。

その時、天海の声が響いた。

「っ⁉　待ってくださいっベア君っ‼」

――ドゴォン
身が竦《すく》むような轟音《ごうおん》とともに足元がえぐれた。天海の声で反射的に動きを止めたからよかったものの、そのまま進んでいたら直撃していただろう。

「出たな、クマよ」

進行方向の森から凛《りん》とした声が響いてきた。闇の中から声の主が姿を現す。

「鈴木《すずき》……」

今一番出会いたくない人物だった。

「その細身の体はっ⁉　もしや貴様は学校で見たクマの影……ついてきていたのか」

珍しく鈴木の目に驚きが現れ、その直後、あっという間に敵意へと変わった。

「べ、ベア君、体格だけで判別してみせましたよっ⁉」

「感心してる場合か！」

早く逃げないと！　今日こそは本当に狩られてしまう！

鈴木は猟銃から薬莢《やっきょう》を捨て、次の弾を込め始めた。手慣れた素早い動きで見とれてしまいそうになるが、そんな暇はない。まだ発射まで時間がある。この隙に逃げなくては！

俺《おれ》は鈴木《すずき》に背を向け、一心不乱に駆け抜けた。向かうのはできるだけ生徒が密集した場所。こうなったら、生徒たちの近くにいるほうが鈴木の銃弾が飛んでこなくて安全だろう。

キャビンの方へ走る生徒たちの波を後ろから追いかけた。

「こっちにクマが来たのでありまひゃぁああああ！　伝承のクマぎゃぁああああああ！」

どこかの男子が情けない雄叫《おたけ》びを上げていた。って、あの巨躯《きょく》は佐東《さとう》隊長ではないか。えらく取り乱している。

第一学年及び教員一同みんながみんな、乱れ暴れの大騒動。俺が二足歩行で天海《あまみ》を抱えていることに気付かれないのは幸いだが、大変な事態に陥《おちい》ってしまった。そんな騒ぎの中、ただ一人だけきらきらと目を光らせるやつがいた。

「え、クマ！　クマさんがいるの!?　クマさんどこ!!」

クマ大好きクマニアこと、天海楓《かえで》である。見ると、逃げようとする生徒集団の最後尾に楓とそれを引っ張る女子生徒がいた。

「ほら逃げるよ楓っ！　お願い逃げてっ！」

金属音のような高い声でそう言って楓の手を引く生徒は、たしか楓の友達だ。一度帰りを尾行した際に一緒に歩いているのを見た。楓を引きずりつつ逃げているせいで最後尾になってしまっているようだ。

こんな時でもクマニアを発揮するなよ楓……。

ふと、楓と目が合った。たぶんバレたな。何をやってるんだと後で怒られそうだ。

楓はすぅっと息を吸って、興奮気味に一気に捲《まく》し立《た》てる。

「ほんとだわっ黒いクマさんだわっ！　あの毛並みはヒグマね！　ユーラシア大陸と北アメリカ大陸に広く分布しているクマよ！　オスであれば体長は3メートル、体重は500キロくらい、大きいと1000キロいく個体もあるの！　ヒグマというとシャケを食べてるイメージが強いけれど、本当は木の実や草木などを食べているほうが多いのよ！　それにしても変ね。ここのあたりはツキノワグマしかいないはずなのに、おかしいわ……でもクマさんに会えたから問題ないわよねっ！」

「問題大アリだよ〰〰〰っ！」

そうだな、友達が言う通り問題大アリだ……。俺が本当のクマだったらどうするんだ。

あとせめて天海には気付いてやれ……。

――ズドォン
「っ⁉」

ちょっ、今俺の頭のすれすれを銃弾が掠《かす》めていったぞ！　痛みはないが、毛が撫《な》でられるような感触がしたんだが⁉

てか、生徒が近くにいるというのに普通撃つかよ！　それだけ自分の腕に自信があるということなのか……っ！　とにかく、一刻も早くここを離れねぇと！

俺《おれ》は生徒たちから離れ、ラストスパートをかけるようにして一気に森へと飛び込んだ。冷たい空気に身が包まれる。正面から猛スピードで木々が向かってくるような錯覚を感じた。実際は俺が木々の間をすり抜けているだけだが。しばらく走ると猫の額ほどの草地に大きな岩があるだけの場所を見つけ、その岩の陰に身を潜《ひそ》めることにした。

「ここならば大丈夫だろう……」

ゆっくりと天海《あまみ》を降ろした。五分ほどは担いでいたような気がするのだが、全く手は痺《しび》れていない。夜目《よめ》が利くため森の中でも楽だった。これも全部クマ化のおかげだ。

「天海、大丈夫か？」

天海は不貞腐《ふてくさ》れた顔で服の皺《しわ》を伸ばして応える。

「……はい。ベア君に掴《つか》まれ右へ左へ振り回されましたが、一応は大丈夫です」

「すまない……」

「いいですから、早く舐《な》めてください」

「わか……」

天海の肩を掴もうとした瞬間、背筋に電流が走った。ほとんど無意識に俺は大きく後ろへ飛《と》び退《の》く。

――ドォン

俺の頭があった位置を弾が通過し、当たった岩が穿《うが》たれる。固そうな岩盤に小さな亀裂が入った。

あ、危なかった……っ！　だが、もう鈴木《すずき》に追いつかれたのか⁉　クマ化した俺の速度についてくるなんてほんとに何者だよ⁉　ったく、また天海を担いで逃げねぇと！

今の一撃を避《よ》けるために天海との距離が離れた。天海に寄ろうと試みるが、早くも次の一発が飛んできてそれが防がれてしまった。

このままここに留《とど》まっていれば危険だ。万が一、天海に当たりでもしたら大変である。

俺は回れ右をして、単身で森の中に潜った。逃げていったふりをして後で戻って天海を回収しようと思ったのだ。俺は天海の風下のしげみに移動し、そこから様子を窺《うかが》った。

「怪我《けが》はないかね、天海君」

すぐさま鈴木が駆けつけた。天海の安否を確認したら俺を追ってくるに違いない。そうしたら回り込んで天海を回収し、どこかでハチミツを舐めよう。そう思っていたのだが。

「は、はい……大丈夫です」

「そうか、よかった。では、共に皆《みな》のところまで帰ろうか」

いつまで経《た》っても鈴木は俺の後を追ってこようとしなかった。ずっと天海に付き添うつもりなのだろうか。それは困る。天海もそう思ったのか、鈴木の申し出を断る。

「ひ、一人で帰れますっ」

「いや、一人は危険だ。……あ、そうだな。私が悪かった」

鈴木《すずき》は何かに気が付いたように静かな笑みを浮かべた。

「怖い思いをしたからな、足が竦《すく》んで動けなくなってしまったのだろう。どれ、少しここで話でもしていようか。なぁに、クマが出ても私がいる。心配することは何もない」

最悪の展開だ。鈴木は天海《あまみ》から離れるつもりは微塵《みじん》もないようである。

「えっと……」

天海も困ったように目を泳がせていた。それもそうだ、一対一の逃げ場がない状況での会話なんて、天海には耐え切れないはずだ。万事休すか。

「……ん、あの顔……」

それは、今朝バスで天海が「笑顔ってこうでいいんでしたっけ?」と言って見せてきた、幽霊のようにぎこちなく不気味な笑みだった。

まさか、この状況に追い込まれて何をしていいか分からず、昨晩ずっと頭を悩ませていた楓《かえで》のメモの内容を思い出したのか。

友達づくりのためのスリーステップ、その①――とにかく笑顔!

天海の笑顔を見て何を思ったのか、鈴木は優しく微笑《ほほえ》みを返す。

「うむ、喜んでくれているようで何よりだ」

鈴木は満足げに頷《うなず》いて、天海の真横まで歩いてきた。……汗をたっぷりかいてしまった天海の真横に、である。

「ん。ハチミツの匂いがするな。天海君、何か知って……」

スンスンと鼻を鳴らし、匂いの出所を探る。その動きはあたかも獲物を探す猟犬のようである。天海は見つかってしまわぬかと怯《おび》えている。

助けにいけないのが何ともどかしかった。俺《おれ》は、どうか見つかりませんようにと祈ることしかできない。けれども、優秀な猟犬の鼻は匂いの答えを嗅ぎつけた。

「天海君、これは天海君から匂ってきているぞ？」

体を硬直させ、びくびくとしている様子の天海。鈴木はその表情が可哀想《かわいそう》に思えたのか、ほのかに微笑みを見せ、優しい声音で言う。

「天海君、この匂いが何なのかよかったら話してくれないかね？」

「え……っと」

天海はまた歪《いびつ》な笑顔をつくり、どう答えればいいのか考える。しかし、ほぼ停止した脳で絞り出せたのは、またも楓がくれたメモの内容だった。

友達づくりのためのスリーステップ、その②――何でも遠慮せずに話す！

「そ、その、実は……実は私……」

天海は戸惑いつつも、自分の体質について鈴木に話し始めた。

クラス中にバレてしまう恐れもあるというのに、すべてを正直に話すのは意外だった。

——ちょっとずつ、頑張ると決めましたから
天海《あまみ》のその覚悟は、俺《おれ》の予想を遥《はる》かに超えるものだった。ちょっとなんてもんじゃない。凄《すさ》まじく頑張っているのだ。

「そう……か、生まれながらにしてそんな体質を……」

すべてを聞き終えた鈴木《すずき》はしんみりと空を見つめていた。

キャンプファイヤーの火に目が慣れていたさっきは気付かなかったが、今日は星が綺麗《きれい》に見える。街灯も何もないこの場所だから本当に良く星が見える。

鈴木はその満天の星を目に収め、いったい何を考えているのだろう。

天海はそれが不審感を表す行為だと思ったのか、弱々しい声で諦めたように言う。

「やはり信じられませんよね。ですが本当の話です。体にハチミツを塗ったわけでも香水を振りかけたわけでもなく、本当に本物のハチミツが汗として出てきてしまうのです」

「天海君」

凛《りん》とした声で名を呼び、天海の瞳《ひとみ》の奥を覗《のぞ》き込《こ》んだ。そして、

「なぜもっと早く言わなかった！」

眉《まゆ》を吊《つ》り上《あ》げて叱った。天海はどうしてそんなことを言われるのか分からぬと言った様子でオロオロする。

「は、はい？」

「ハチミツはクマの大好物だ。汗としてそれが出てきてしまうのであれば、天海君はクマの大好物ということになる。危険ではないか！」

「は、はあ……」

確かに一部の場所においては危ないかもしれないな。俺がいる場所とか。

「私が守ろう」

凛とした声で、鈴木はそう言った。

「つい先日学校にもクマが出没したろう。あの時は取り逃がしたが、次現れたら天海君が狙われるかもしれない。故に私が天海君の傍《そば》に付き添い、クマから守り抜こう」

「い、いえっ！　遠慮しますっ！」

なんとか絞り出した断りの言葉。が、鈴木はしつこく食い下がる。

「そうはいかない、君の近くにいれば学校に潜《ひそ》んでいるクマも寄ってくる。そうなれば危険なクマを狩りほうだ……ごほん、失礼。つい興奮して取り乱してしまった」

ただ囮《おとり》にしたいだけじゃないかっ！　と突っ込むわけにもいかず、やきもきした思いで二人のやり取りを見守っていた。

だが、まあ。これは天海にとって友達をつくるまたとないチャンスだ。だから、もし天海が鈴木の提案を受け入れるとしても、俺はそれを応援してやりたい。そりゃ確かに、鈴木が近くにいることになるのは怖い。でも、天海が望むようにするのが一番だと思うのだ。

唐突に天海《あまみ》は先の鈴木《すずき》のように星空を見つめ始めた。天海の瞳《ひとみ》はしばらく星空を映し、次に鈴木を映し出した。

「あの……私がハチミツの汗をかくことについては、何も思わないのです?」

天海の心からの疑問。ずっと蔑《さげす》まれると思っていた体質のことについて。

鈴木は明るく笑みを浮かべた。

「体からハチミツが出るのだろう。素晴らしい能力ではないか。山で困れば食料になる。人間の匂いに気付かれにくくなる。いいことづくしだ」

鈴木は羨《うらや》ましそうにいいところを言い連ね、最後に一言。

「それに、可愛《かわい》いではないか」

「か、可愛いですか……?」

「そうだ、可愛い、だ」

鈴木からの予想外の言葉に、天海は目を丸くした。俺《おれ》もびっくりだ。まさか威厳たっぷりの鈴木の口からそんな言葉が飛び出すなんて。

「うふっふふふふ」

突然天海が吹き出し、腹を抱えて笑いだす。俺はむしろそっちのほうに驚愕《きょうがく》した。あの天海が、声を上げて笑っているのだ。ハチミツでも降ってくるのではないだろうか。

「ど、どうしたのかねっ?」

天海の笑いに疑問符を浮かべる鈴木に、天海が笑いながら答えた。

「いいえ、ちょっと。あなたの口から可愛いと言われるとは思わなかったので」

「うむ、それは失礼ではないか。私とてれっきとした乙女なのであるぞ？」

えっへん、と豊満な胸を張って見せる。そんな半分マタギの乙女を見て天海の笑いの波が再来する。

「おとめ、うふふふふ」

「ちょっ天海君！　なぜそんなに笑っているのだ！　私は狩りガール、最近流行《はや》りの狩りガールなのであるぞ！　流行にも敏感なのだぞ！」

「狩りガールって、そんなっうふふふふふ」

もはや鈴木が何を言ってもおかしい状況だった。鈴木は自分が儚《はかな》く可愛い女の子のつもりだったのだろうか。方向性としては、全く逆の方に向かって美しく輝いていたわけだが。

ひとしきり笑い終えた天海は、目尻に浮かんだ涙を拭《ぬぐ》いつつ、にこりと微笑《ほほえ》んだ。

「あの」

今朝バスで見せてきた不気味な笑みとは全く違う、満開のサクラの花を彷彿《ほうふつ》とさせるような綺麗《きれい》な笑顔で言う。

友達づくりのためのスリーステップ、その③——

「——私と、友達になってくださいっ」

　天海《あまみ》が一歩、踏み出した。

　つい先日まで、自分の体質が知られてしまうことを恐れてクラスメイトたちから逃げて生活してきた天海。その天海が、今クラスメイトに自ら歩み寄ったのだ。

　これに対し鈴木《すずき》は、

「うむ、いいぞ。天海君」

　と軽い調子で返事をした。その一歩の重大性には気付いていないようだが、天海の方は口元を押さえて嬉《うれ》し涙《なみだ》を必死に堪《こら》えているのが分かった。

　よかった。本当によかった……！　天海に友達ができたのだ。どうか、いい関係を築いていってほしい。

　そこでふと天海は、忘れていたというように訊《たず》ねる。

「ところで、あなたの名前は何でしたか？」

　俺《おれ》はその場に倒れ込みそうになった。

「ふはっ」

　今度は鈴木が吹き出した。天海と比べるともっと堂々と、おしとやかさの欠片《かけら》もない笑い声を響かせる。

「ふはははははは！」

　なぜ自分が笑われているのか。それが天海には分からないようだ。戸惑いの目で鈴木を見つめている。さっきとは立場が全くの逆である。

「名前も知らぬ相手に友達になってほしいと言ったのかね！　その上、私は君の隣の席であるのに名前を知らないとは！　ふははは！　天海君はおもしろいな！」

「は、はあ……」

鈴木は猟銃を岩に立てかけ、右手を差し出す。

「私の名前は鈴木麗奈《れな》。改めてよろしく、天海君」

「よろしくお願いします、鈴木さん」

鈴木の手を握り、二人は握手を交わした。星空の下、手で繋《つな》がった二人の姿は、すでに厚い友情によって結ばれた仲のように見えた。

さて、問題は、天海と鈴木が友達になったことで、俺と天海の協力関係が難しくなったことだ。ようやく天海もそのことに気付いたのか、バツの悪そうな顔になり、俺のいる茂みの方をちらちらと見てきていた。

ああ、いや、大丈夫だぞ天海。今はお前に友達ができたことの方が喜ばしいからな。それに、何とかなるだろ……たぶん。

俺は目でそう天海に伝えた。伝わったかは分からないが。

いつの間にかクマ化は解けている。時間が経《た》ち、興奮が治まったようである。クマ化してないとはいえ、もし見つかったら面倒だ。先にキャビンの方へと戻ろう。

俺《おれ》は一人、来た道を戻りはじめた。去り際、二人の会話が聞こえてくる。

「ではまずは、いつ襲われても自分で身を守れるよう合気道を天海《あまみ》君に教えよう」

「そ、それは遠慮しますっ」

◇◇◇

翌朝、教員たちによって近くにクマがいないことが確認され、生徒たちは速やかに下山してバスへと収容された。

バスは行きと同様自由席、ほぼ全員の生徒が昨日と同じ配置に座っている。俺も行きと同じ席に座ろうとするが、そこには先客がいた。

「天海君、これを食べるといい。山で捕らえたイモリを昨日の内に姿焼きにしてみた」

「え、遠慮しますっ」

「遠慮しなくていいのだぞ、天海君。そうだ、ではミロクちゃんを触ってみるかね？　試し撃ちしてもらっても構わないぞ。ほら、ほら」

猟銃のミロクちゃんを押し付ける鈴木《すずき》と困ったように対応する天海。

「ですから！　遠慮しますって、鈴木さん！」

困りつつも、どこか嬉《うれ》しそうに口元を緩める天海が、そこにはいた。

第四話　ハチミツとスイーツ

昼休みの屋上。俺はベンチに深く腰掛け、青い空の雲が流れゆく様子を眺めていた。

日課となりつつある天海と二人きりの昼食のため、彼女を待っていたのである。

「まだ来ないな」

いつもならとっくに来ているはずの時間なんだが、昼休みに入った途端天海は鈴木に捕まって、きっと今もまだ教室でお喋《しゃべ》りでもしているのだろう。

天海はこれから鈴木と過ごすことが多くなり、俺と一緒にいる時間が少なくなると思う。よかったな、と思う反面、どこか寂しいと思う自分がいた。

昼休みが始まって十分ほどしてから、ようやくやってきた天海は、崩れ落ちるようにしてベンチへ座り込んだ。どうやら相当疲れているようである。

「ふにゃ……」

「ん。どうした天海？」

天海は膝の上に弁当箱を広げつつ、力ない声で言う。

「鈴木さんです……」

「鈴木？　鈴木に何かされたのか？」

さっきまでとても仲がよさそうだったのに、まさかもう喧嘩《けんか》でもしたのか。

天海《あまみ》はため息を吐《つ》いて話し始める。

「鈴木《すずき》さん、少し変なのです」

「あいつは元から変だぞ……？」

「そういうことではありませんっ！　聞いてくださいっ。朝登校してくれば昇降口で待ち構えていて、一日中私から離れようとしないのです。トイレですら必ずついてくるんですよっ？　教室では隣からじーっと見つめてきますし、その上やたらと何か食べ物をくれようとするんです！」

「ああ……きっと、いつもお前の傍《そば》にいて、ハチミツの香りに引き寄せられてクマが現れないかと警戒してるんだろう」

「では、食べ物を与えようとしてくるのは？」

「たぶん、ハチミツがしっかり出るようにとか考えてるんだろうな。そうすれば俺《おれ》が現れる確率も上がるし……」

天海の顔が紅潮した。怒りによって眉間《みけん》に皺《しわ》が寄り、羞恥によって口元が歪《ゆが》んでいる。

「私ではなくてベア君のことしか頭にないのですね、鈴木さんはまったく」

何かを呟《つぶや》いているが、触らぬ神に祟《たた》りなし。そっとしておこう。

「それにしても、その鈴木はどこに行ったんだ？　ここにいないじゃないか」

「鈴木さんはどこへ行ったか分かりません」

「昼飯を買いに行ったとかじゃないのか？」

「ですから分かりません。あ、ですが、クマよけスプレーが欲しいと言ったら走って行ってしまいました」

「それ絶対クマよけスプレー買いに行っただろ!!」

「まさか、本当に買いに行くわけがないです……よね？」

天海が苦笑いをしながら訊《き》いてきた。

「いや、ちょっとどころじゃなく変わってる鈴木のことだ。可能性は十分あると思うぞ？」

俺がそう言うと、天海は頭を抱えていた。

天海、苦労する友を持ったな……。

「てか、んなもん何に使うつもりだったんだよ？」

天海は顔を起こし、不敵な笑みを浮かべた。

「それは……ねぇ。決まっているではありませんか」

「おいなんだその意味深な視線は!? し、信じてるからな……！」

俺に使うとかはやめてほしい。無事に手に入ってしまったら、の話だが。

「そもそもクマよけスプレーなんてどこで売ってるんだよ……」

「それは……どこでしょう……」

お前も知らないんかい。まあ、俺《おれ》も知らないんだがな。なんとなく、そこらのホームセンターとかには置いてなさそうだ。ネット販売で手に入るという話は聞いたことがあるが、一体どこまで買いに行っているというのだろう……。

「知らないぞ……今日中に戻ってこなかったらどうするんだ？」

「さ、さすがに昼休みの間には戻ってきますよっ！　授業だってありますし！」

「あの鈴木《すずき》だぞ？」

「うっ……」

天海《あまみ》は言葉に詰まっているようだった。天海のために尽くす鈴木であれば、一日中どころか一週間だって探し回るかもしれない。天海の顔が見る見る不安の色に染まっていく。

天海はそそくさと弁当を片付け、ブラウスのポケットからスマートフォンを取り出すと、数度指でタップし鈴木に発信した。

いつの間にか鈴木と電話番号を交換してたんだな。俺だってつい最近交換したのに……。

軽くショックを受ける俺をよそに、天海はまだかまだかとコール音を聞いていた。

「……」

プルルルル、プルルルル、プルル、ガチャ。

『もしもし』

三コール目で出た。受話口《じゆわこう》から機械を通した鈴木の声が聞こえてきた。

「あ、えっと、天海です。今どこにいますか？」

「『ここだ』」

「『わっ⁉』」

突然背後から声が聞こえたことに驚き、俺たちは飛び跳ねるようにしてベンチから立ち、その声の主を確認した。

「す、鈴木!! どうしてここだと分かったんだよ！」

マタギ姿ではなく、清楚《せいそ》な夏服を着用した鈴木がそこにいた。月夜の小川のごとく黒く輝く髪がなびいている。つい今さっきまでは気配すら感じなかったというのに、いつの間にここに来たのだろう。

鈴木は天海の前に回り込みながらドヤ顔で笑う。

「ふっ、私の天海君センサーを舐《な》めてもらっては困るぞ、阿部《あべ》君」

なんだよ、天海君センサーって……。ハチミツの香りでも嗅ぎつけているというのだろうか。いや、鈴木ならあり得る。

天海は頭を下げて謝罪する。

「申し訳ありません、クマよけスプレーなんてもの欲しいと言ってしまって」

「いや、謝る必要はない。この通りだ」

「え」

鈴木《すずき》が天海《あまみ》に何かを手渡す。

殺虫剤のようなフォルムの缶には、でかでかと雄叫《おたけ》びを上げるクマがプリントされていた。クマを撃退できるというそれは、見ただけで寒気がした。

「ど、どこに売ってたんだよ、こんなもの」

鈴木はえっへん、と胸を張って見せた。たわわな胸につい目がいってしまう。

「ふっ、私の裏ルートを侮《あなど》ってもらっては困るぞ、阿部《あべ》君」

お前のことを侮ったことなんて一度もないぞ……。昇降口の時も林間学校の時も、お前には驚かされっぱなしだからな。

鈴木は左手首の腕時計を確認して言う。

「うむ。では私も昼食の支度があるため失礼する」

「は、はい。わざわざすみませんでしたっ」

「謝ることはない。天海君の役に立ててよかった」

鈴木は申し訳なさそうに謝罪する天海に満足げに頷《うなず》くと、屋上から出て行った。

天海は困ったような顔で屋上の扉を見つめているが、口元が嬉《うれ》しそうに緩んでいる。

「とりあえずお前らの仲は順調なようだな」

「順調、なのでしょうか……」

「ああ、順調そうだぞ。だからこれからも頑張れよ。なんなら、昼休みの時間、俺《おれ》とはもう一緒に食べなくてもいいから、鈴木と一緒に食べるでもいいし」

俺がそう言った途端、天海がムスッとした。気を遣った提案のつもりだったのだが、どうしたのだろう。天海は口を尖《とが》らせて呟《つぶや》く。

「……お昼の時間は、ここで食べます」

「そうか、なら鈴木をここに呼んで──」

「ベア君と二人で、ですっ。それは譲りません」

天海は強い語気でそう言った。

「お、おう、わかった。じゃあ昼はこれまで通り俺と一緒に食べような」

天海がパァッと顔を輝かせた。

「そうです、それでいいのです」

そう言いつつ天海は嬉しげに頷いた。

よく分からないが、天海がそれでいいと言うのならそれでいい。俺もこの昼休みの時間がなくならずにちょっと安心した。けれど、不安なこともある。

「天海、それどうするんだ？」

俺は天海が手に持つクマよけスプレーを見て訊《き》いた。

「さあ、ベア君には関係のないことです」

「天海さん天海さん、そのスプレーをこっちに渡してくれないかな～？」

天海《あまみ》は悪戯《いたずら》っぽい笑みをして、スプレーの噴射口をこちらへ向けてきた。

「こうですか？」

「うわっ⁉　待ってやめてくれっ‼」

唐辛子を主成分にしたそれは、人間にも絶大な効果があるらしい。半分クマの俺《おれ》に対しては尚更《なおさら》だ。

「ですがベア君、これが欲しそうな顔をしていますよ？」

「そんな顔してねぇよっ！」

シュウゥー
「うわっ⁉　やめろっ‼」

天海は宙に向かってスプレーを噴射した。それだけでもむせ返るような激臭が辺りに漂い、俺はげほげほと咳《せ》き込《こ》んでしまった。

「すみません、大丈夫ですか」

天海がにやにや笑いながら謝った。反省の色はまるでない。匂いが風で散っていった頃、天海はスプレー缶を下げ、頰《ほお》を赤く染めて照れるような顔になった。

「ですが、ありがとうございました」

「ん？」

「ベア君のおかげで友達？……までつくることができました。感謝しています」

いや、そこは断言してやれよ。友達なことに疑問を覚えるなよ。まあ、いいが。

「感謝なら妹にしてやれ。楓《かえで》のメモのおかげだろ。あとはお前の勇気か」

天海は自分の体を抱きしめるようにして身震いした。

「ベア君って、恥ずかしいことを平気で言いますよね？」

「うるさい」

なんだか体中がくすぐったい。そこはかとない羞恥心に身をよじる俺を見て笑っていた天海だったが、急に顔が緊張で強張《こわば》り、頬をほんのり赤く染めて俯《うつむ》きがちになった。

「そ、そんなベア君にお礼をしたいと思います」

「お礼だって？」

おいおい、天海がそんなこと言うなんて、明日はハチミツでも降るんじゃないか？　ハチミツの雨か！　それはいい。じゃんじゃん降ってくれ！

ともあれ、お礼か。天海がそう言ってくれるのはすごく嬉《うれ》しいが、俺は大したことをしてないし、そんなに気にしてほしくはない。だが、このまま断るというのも、天海の気が済まないだろう。故に俺は簡単なお願いをしようとする。

「じゃあ今度甘いものでも奢《おご》ってくれ」

「甘いもの……」

顎《あご》に手を当てて考える。

かくして俺《おれ》は、今度の休日に再び天海の家へ行くこととなった。

そういえば、天海の家は喫茶店を営んでいる。その甘味がいただけるということなのだろうか。それは楽しみだ。

天海はにこりと笑った。心なしか、何か企《たくら》んでいるようにも見える。

「はい、ベア君の言う通り、甘いものをご馳走《ちそう》しましょう」

「天海《あまみ》の家？」

「それでしたら、今度の休日、家に来てください」

◇◇◇

そして訪れた休日。

俺は天海の家である喫茶店の前で二の足を踏んでいた。

堤防道の脇に、住宅街の中に隠れるようにして建つ喫茶店。明治時代の建物を彷彿《ほうふつ》とさせる古い西洋風の外装で、至る所にツタが伸び、その間からかろうじて白い壁と緑の屋根、ステンドグラスなどが覗《のぞ》いていた。入り口ドアの上には『ＳＷＥＥＴＮＥＳＳ』の文字のレリーフの看板。それが喫茶店の名前だろう。

今日は天海に甘いものをご馳走になりに来た。たぶん、店の物を振舞ってくれるのだろう。としたら正面から入った方がいいよな。

俺はカランと鐘を鳴らして天海の家である喫茶店の扉を開けた。

「おじゃましまーす……ってあれ……誰もいないのか……？」

店の中は閑散としていた。

全体的に茶色の落ち着いた内装。正面にはカウンター、その奥には酒瓶やティーカップが整列する棚が見える。入って両脇にはテーブル席がいくつかある。カウンター脇にはスピーカーに繋《つな》いだレコードプレイヤーがあり、古いピアノ曲が流されていた。

だが、客は一人もおらず、ついでに店員もいない。

休日の昼時なのにこれか……、と驚いていると、カウンター奥に見えるドアを開けて一人の少女が出てきた。

「いらっしゃいませ、ベア君」

「あ、ああ」

喫茶店の制服なのだろうか。天海はエプロンドレスを身に纏《まと》っていた。長めの丈で小さなフリルと大人しめのデザインだが、彼女に似合っている可愛《かわい》らしい見た目だ。頭にはバンダナを巻いて、ロングの髪を下の位置でポニーテールにしている。いつもとはあまりに違うその見た目に、最初は誰だか分からなかった。

天海がムッと顔をしかめた。

「何か感想はないのですか？」

「か、かんそうっ？」

何て言えばいいんだ。いや、そもそも何の感想だ。俺《おれ》は天海《あまみ》の求める答えを必死に頭を回転させて探したが見つからなかった。

「……はぁ。期待した私がバカでした」

呆《あき》れまじりのため息を吐《つ》いた天海に、俺は心配になったことを問う。

「それより、休日の昼なのに誰もいないが大丈夫なのか？」

「昼間はいつもこんなものです。賑《にぎ》わうのは主に夜のバーになってからなのです」

「そうか。そういえば、鈴木《すずき》もいないな。休みの日まで付きまとおうとしないのか？」

「いますよ。二階でベア君を待ってます」

「なんだとっ⁉」

「嘘《うそ》です」

天海は茶目《ちゃめ》っけたっぷりに舌を出して笑みを浮かべた。

「鈴木さんには予《あらかじ》め休みの日は自分の時間を過ごすよう言いつけておきました」

「保護者かよ……。というか、心臓に悪い冗談はやめてくれ」

天海はくすくすと声を立てて笑いながら、バンダナをはずしエプロンのポケットに入れて髪をほどき、右へ移動してカウンターから出た。そして、すぐのところにあるドアを開

けて俺を中に招き入れる。

「こちらへどうぞ」

その奥には薄暗い廊下が続いていた。天海《あまみ》の自宅へと繋《つな》がっているのだろう。

入って右手にある靴箱に靴を置き、天海の先導で廊下を進んでいく。突き当たりには、前回来た時に入ってきた玄関があった。

玄関のところでUターンして階段を上ろうとした時、玄関の戸が開いた。

「ただいま~。あ、クマさんじゃないっ！　どうして家に来たの！」

帰ってくるなり歓喜に満ちた声を上げた楓《かえで》。部活帰りなのか、日夏《ひなつ》高校の制服を着ている。その一方、天海は面白くないという顔をしていた。

「楓……部活はどうしたのです？」

「早く終わったから帰って来ちゃったのよ。それよりどうしてクマさんがいるのかしら？」

楓はいつも通りの明るい声音だったが、今日はどこかしら凄《すご》みがあるように感じた。

「楓には関係ありませんっ！　ほら、シャワーでも浴びてきたらどうですか！」

天海が大股で俺《おれ》と楓の間に入った。楓が訝《いぶか》しげな目で天海をジッと見つめる。

「怪しい匂いがするわね」

天海は居心地が悪そうに目を逸《そ》らした。

匂いと言えば、今日は天海のハチミツの香りが一層よく感じられる。頬《ほお》も上気しているし、今の今まで運動でもしていたのだろうか。それに気付くとは、楓もただ者ではない。

「そうだな、今日はハチミツの匂いがすごいよなっ！」

「そういうことじゃないわ、クマさん。お姉ちゃんは何か隠し事してるのよ」

ひょこっと天海の脇から顔を出した楓に窘《たしな》められるように言われてしまった。

天海は楓の頭を押し込めて元の姿勢に戻し、声を荒らげる。

「べ、べつに隠し事なんててっ」

「嘘《うそ》ね。一体何を隠してるのかしら？」

「それは……」

楓の鋭《するど》い眼差《まなざ》しに言葉が出てこない天海。一体何を隠しているというのだろう。

やがて降参したのか、天海がぼそぼそと白状する。

「……今日はベア君にお礼をしようと思って招待しました」

え、隠し事ってそれか？

「やっぱり！　お姉ちゃん隠し事してた！」

楓が天海を指差して大声を上げた。

「ほら、話しました！　楓はシャワーにでも……」

追い払おうとする天海の言葉を楓が遮《さえぎ》る。

「あたしもお礼したい」

「だめです」

天海《あまみ》が即座に却下。もう一度、声のボリュームを上げて言う。

「あたしもクマさんにお礼したい！」

「だめです！」

「どうして！　お姉ちゃんとの仲はクマさんのおかげなんだし、あたしだってお礼する権利くらいあると思うけど！」

「でも……」

楓《かえで》も律儀《りちぎ》なやつだ。別にそんなことしなくてもいいのに。

「それじゃ本人に訊《き》いてみましょ」

渋る天海にしびれを切らした様子の楓は、そう言って俺《おれ》に向いた。

「クマさん、あたしたちのどっちのお礼を受け取るの？」

「は!?　俺が選ぶのか!?」

どっち、と訊かれても答えづらい。そもそも選ぶものでもないだろ。

「じゃあ、りょうほ……」

「両方、なんて答えたら軽蔑するわよ」

「そんな最低なことしませんよね、ベア君」

……先手を打たれて退路を断たれてしまった。さすがは双子、息だけはぴったりである。

「ん―……」

どう考えたものか。悩んでいると、するりと俺の右腕に何かが巻き付いてきた。

「ねえ、クマさん。あたしのお礼を選んでくれるわよね？」

楓が腕を絡ませてきて、耳元で色っぽい声で囁《ささや》いた。楓の控えめな胸が押し当てられ、変な気分になってしまう。

小さい割に柔らかいな。それに温かい……って、浸ってる場合ではない。

「おい、くっつくな、かえ――」

「あの、ベア君っ」

お留守の左腕に、ぎゅっと天海が抱き付いてきた。俺の腕は、天海のふくよかな二つのふくらみに挟まれて抱き締められている。

楓のよりも遥《はる》かに柔らかく、俺は頭がとろけるような感覚がした。

……って、いかんいかんっ！

俺は二人を振り払った。

「選べるかっ！　お礼を選んで受け取るのは嫌だ！」

「たらし……」「最低ね……」

「どうしてだよ！」

二人して蔑《さげす》むような目を俺に向けてきた。どうして俺がこんな扱いを受けなければいけないんだ。俺《おれ》、今日お礼をしてもらいにきたはずだよな……。

「わかった。じゃあ勝負をしましょ」

「勝負ですか？」

楓《かえで》が頷《うなず》く。

「そう、どちらがクマさんにお礼するに相応《ふさわ》しいか、ね。もちろん審査員はクマさんよ」

「い、いいでしょう」

天海《あまみ》も乗ってしまった。

またさっきのような決断を強いられることになる気がするんだが。

「おいおい、勝手に決めるな――」

「ベア君は黙っていてください！」「クマさんは黙ってて！」

「はい……」

さすがは双子。声を揃《そろ》えて同じことを言ってきやがった。俺がしゅんと縮こまったのを確認すると、ふたりは対抗意識をたっぷり含んだ表情で顔を見合わせる。

「勝負の内容は？」

天海が訊《き》くと、楓はしばらく考えてから話し始める。

「そうね、順番にクマさんにちょっとしたご奉仕するのはどう？　それでどっちがよかったかクマさんに決めさせるの」

「いいでしょう」

「決まりね。相手がお姉ちゃんだからって手は抜かないわよ」

「私の方こそ。楓が相手となれば油断はできませんからね」

なんだか熱い展開になってしまったが、渦中にいるはずの俺が全くの蚊帳《かや》の外だった。

ところで、今日俺は何をしに来たんだっけな……。

◇◇◇

二階へ上がると、楓の部屋の一つ手前の部屋に入った。

その内装は楓の部屋を鏡に映して左右対称にしたようだった。強いて違いを挙げるとすれば、楓の部屋にあった大量のクマグッズが一切ないことだ。部屋中に充満する甘い香りは、ハチミツのものも若干あるが、もっと大人しく優しい女の子特有の香りも感じた。

「あまりジロジロ見ないでください」

エプロンドレスを着たままの天海が恥ずかしそうに赤面し、早口にそう言った。

なるほど、ここは天海の部屋なのか。たぶん楓とお揃いの造りにしたんだろうな。昔は仲が良かったとか言ってたし。

俺たちは部屋に入り、丸テーブルを囲むようにして適当に腰を下ろした。

「では、まずは姉である私からです」

楓《かえで》が天海《あまみ》に噛《か》みつく。

「そんなの数分の差でしょ！」

「姉には変わりありません。ほら、楓は大人しく観戦でもしていてください」

「ぐぬぬ……」

楓は悔しそうに天海を睨《にら》み付《つ》けた。自分のスカートをぎゅっと握りしめている。ちなみに楓は日夏《ひなつ》高校の制服のままだ。

なんだか二人で盛り上がっているようだが、一つ確認しておきたいことがあった。

「二人とも、ちょっといいか？」

天海姉妹が俺《おれ》を向いた。

「色々お礼してくれるのは嬉《うれ》しいが、今日俺はクマ化したくない。それだけは頼む」

今日俺がクマ化したくない理由。それは、今日は天海がお礼をしてくれるために招待してくれたからだ。だから、天海を舐《な》めることで気分を悪くさせるということは、いくらハチミツが舐めたくともしたくなかった。

事情を詮索《せんさく》することなく、天海は快く頷《うなず》いてくれた。

「わかりました、ベア君」

しかし、楓の方は残念そうに眉《まゆ》を曇らせた。

「それは残念だわ、クマさん。今日もクマさんの耳をモフモフできると思ったのに」

「ちゃんと言うことを聞きなさい、楓」

「ぶー……はぁい」

　天海は楓を窘《たしな》めて立ち上がると、箪笥《たんす》の上に置かれた何かを手に取りベッドに乗った。そのままドレスの裾がめくれないように気を付けながら正座し、俺を見る。手に持っているのはどうやら木製の耳かきのようだ。

「では、まず私から。私のお礼はこれです」

「これって？」

「き、決まっているではありませんか……膝枕で耳かきです」

　天海は目を背けてボソッと呟《つぶや》き、顔を耳まで真っ赤に染めつつも、ポンポンと膝を叩《たた》いて見せた。そこに、頭を置けと言うのである。

　一体どうしたんだ。天海ってそういう性格だったか？　今日のこいつ何か変だぞ！

「天海、それじゃまるで恋人同士みたいじゃないか。もっとほかのことでも……」

「私の膝枕が嫌なのですか？」

「いやっ！　そんなことはないぞ！」

　氷点下の心と猛毒の舌をもつとはいえ、天海は学年で一、二を争う美少女だ。そんな女の子に膝枕をしてもらえるなんて、二度とないだろう。そうだ、天海は純粋に喜ばせようとしてくれているのだ。ここで逃げては男の恥だろ！

「わ、わかった。お願いする、天海《あまみ》っ」

俺《おれ》はベッドに上がり、天海の膝の上に頭を置いて横になった。すると、思ったよりもふわりとした感触が頭を包む。天海の足はほっそりとしているのに、とても柔らかい。しかし、最初置いた場所では頭の具合がよくなかったので、少々動かして調整する。

「ひっうっ……ちょっと、勝手にもぞもぞしないでください！　くすぐったいです」

「す、すまん」

天海に叱られてしまった。こっちは女子に初めてこういうことをしてもらうのだから緊張しているのだ。そのあたりは大目に見て欲しい。

「ふぅーん、イチャイチャしちゃって……」

楓《かえで》が丸テーブルのところに座りながらジト目で俺たちを見てきた。

天海が釘《くぎ》を刺すように言う。

「楓はそこで大人しく見ていてください。今は私のお礼の時間です」

「はぁーい、分かってますよーだ」

楓が丸テーブルに肘を置きつつ返事をした。天海は俺に向き直る。

「で、では始めます」

天海の太ももを伝って頭に響いてくる声。

「お、おう」

応答すると、微《かす》かに震えた手が耳元に添えられた。天海《あまみ》も緊張しているのだろう。

「手が震えてるが大丈夫か？」

「大丈夫です……たぶん」

不安だ。これから耳かきをしてくれる相手の手が震えているというのは怖い。

しかし、始まってしまえば意外にも、恐れていた割には心地よい感触が耳を支配した。

ちょっとした震えが耳かきと相性がよかったのかもしれない。これはいい。

リラックスをしてきたところで、ふと天海の息遣いが気になりだした。

「……すぅ……ふぅ……」

「……うぉぁ……」

天海の吐息が耳にかかって変な声を上げてしまった。

彼女が手を止めて心配そうに囁《ささや》く。

「どうしましたか？　痛かったですか？」

天海の口が耳の近くにあるのか、その声だけでもこそばゆかった。

「い、いや、大丈夫だ。続けてくれ」

「そ、そうですか。わかりました」

天海は耳かきを再開した。そして、申し訳なさそうに声を出す。

「あの、こうして人の耳を掃除するのは初めてで。反対側までいってしまったらすみません」

「いくわけねぇだろっ！」

「あ、今ので大きいのが落ちてしまいました。反対側から出てきているかもしれません。一度頭を起こしてください」

天海は耳から耳かきを抜き、頭を上げるよう促した。

「あのな、一応言っておくが、耳は中でトンネルみたいに繋《つな》がってるわけじゃないからな？」

「…………」

天海は何も言わず、静かにまた耳の中を擦《こす》り始めた。そして、ボソッと呟《つぶや》く。

「別に、知っていましたし……それくらい」

こりゃ絶対知らなかったな。だが、これ以上そのことを言うと怒るかもしれない。俺《おれ》は大人しく耳かきをされることにした。

一通り耳の中を掃除すると、震えた声で訊《き》いてきた。

「ふぅ……ど、どこか痒《かゆ》いところはありませんか？」

「お、おう、じゃあ深いところのほう頼む」

「ベア君は穴の深いところがいいのですねっ」

「なんだその意味深な言い方は！」

思わず顔を天海《あまみ》の方へ向けてしまった。耳かきが耳に突き刺さるなどの事故はなかったが、すぐ傍《そば》まで寄せていた天海の顔が文字通り目と鼻の先にあるという構図になってしまう。

「う、動かないでくださいっ！」

「す、すまんっ」

ガシッと頭を掴《つか》まれ、無理矢理《むりやり》太ももへと押しつけられた。膝がクッションとなったおかげで全然痛くなかったが、俺《おれ》はドキドキが治まらなかった。

その後、天海は「仕上げです」と言って耳の外側も掃除してくれた。

中も中で気持ち良かったが、これもいい。つい口元が緩み、涎《よだれ》が垂れそうになった。

そして、落ち着いたところで、つい大きく息を吸ってしまった。すると、濃厚な甘い香りが胸を満たした。

「……っ!?」

まずい、クマ化してしまう。俺は咄嗟《とっさ》に身をよじって香りから逃げようとした。だが、

「ちょっと、動かないでください」

天海に頭を押さえ込まれた。むにゅっと太ももに頭が埋《うず》まる。そのせいで天海の香りを更に吸ってしまった。

俺は息を止めることで凌《しの》いだ。すぐに苦しくなってもがかずにはいられない。せめて頭の向きを変えられれば何とかなると思うのだが……。

「もう、動かないでと言っているではありませんかベア君」

そう言って天海は、ガシガシガシと、耳の奥を耳かきで突《つつ》いてきた。

「いてっ、いていていていていて！　痛い天海っ！」

思わず声を上げてしまった。しかし、息を吸えばクマ化してしまう。

だが、もう息を止めるのも限界だ……！

「天海っ！　ちょっとすまんっ」

俺は天海の腕を掴んでどかしつつ、勢いよく上体を起こした。

天海は俺の頭を避《よ》けようと後ろに反り返り、そのまま倒れ込んでしまう。天海の腕を掴んだ俺も釣られるようにして、その上に倒れ込んでしまった。

「きゃっ⁉」

「おっとっ！」

ボフッ
天海に全体重を預けるわけにはいかないと思い、天海の腕を離して手を突きながら倒れた。その結果、右手が温かくて柔らかい不思議な感触を捉えた。

本能のまま手を動かしてみる。

モニョモニョ
「ひっうっ……！」

俺《おれ》の手は、柔らかい何かを鷲掴《わしづか》みにしている。これはあの、そういうやつではないだろうか。いや、何だとは言わない。ただその、女の子についている柔らかい二つの塊とだけ言っておこう。でないと俺の正気がもたない。

何とかベッドに手を突いて起き上がると、下に寝そべる天海《あまみ》が見上げてくる。天海の顔は、恥じらい、怒り、動揺、さまざまな感情が混ざって複雑な表情をしていた。

「いや、あのな天海！　その何というか…………よかったぞ！」

弁明の言葉が上手《うま》く出てこなく、とりあえず感想を述べることにした。本当、最低だ。

天海の顔が見る見る紅潮していく。その顔が熟したさくらんぼのようになった時、涙目で手を振り上げた。

「〰〰〰っ！　ベア君の変態っ!!」

ベチン、と乾いた音が響き渡り、頬《ほお》に電気が流れたかのような痛みが走った。

◇◇◇

「その……すまなかった」

部屋の隅で体育座りをして落ち込む天海に俺は謝罪した。天海には本当に申し訳ないことをしてしまった。どんなに謝っても足りない。

「別にもういいです。それよりもベア君、ほっぺたは大丈夫ですか？　かなり強く叩《たた》いてしまったと思うのですが……？」

天海は顔を半分だけ見せ、気に掛けるような眼差《まなざ》しを向けてきた。

今も頬が熱くてジンジンするが、それは当然の仕打ちだ。むしろ、これだけで許してくれる天海が優しい。

「ああ、大丈夫だ。心配してくれてありがとうな」

逆に心配されてしまった。なんだか情けない……。

もう落ち着いたのか、天海は部屋の隅から丸テーブルへと戻ってきた。

「ふふふ〜、甘い。甘いわねお姉ちゃん。メイプルシロップよりも甘いわ」

そんな俺たちを見て、楓《かえで》がにこにこと何故《なぜ》か満足げな顔をしていた。

人の不幸がそんなに楽しいか！　同情するなら蜜をくれ！

「さあ、次はあたしの番ね」

そう、楓の言う通り次はそんなこいつがお礼をしてくれる番である。一体どんなお礼が待っているのだろうか。もう嫌な予感しかしない。

「あたしのお礼は、これよ！」

そう言って楓《かえで》が背後から取り出したのは、細長い棒状のビスケットにチョコレートを付けて固まらせたお菓子——ロッキーの箱だった。

「それをくれるのか？」

「そうよ」

楓にしては普通すぎるお礼に、ちょっと拍子抜けしてしまった。こいつのことだからとんでもないことをしてくると思っていたのだが、それはいらぬ心配だったのかもしれない。

俺《おれ》がロッキーの箱に手を伸ばすと、楓は意地悪な笑みを浮かべてそれを引っ込めた。

「でも、ただあげるんじゃつまらないわ」

「は？」

楓はおもむろにロッキーの箱を開け始めた。

「あたしが食べさせてあげる」

そう言って楓は、小悪魔のような笑みを浮かべて一本のロッキーを取り出した。

な、なんだっ！　そんなことか、それだけならまだ大丈夫だ！

「そうか！　ならいただきま……」

俺は楓が持つロッキーにかぶりつこうとする。しかし、それにも待ったがかかる。

「でもでも、ただ食べさせてあげるんじゃ、つまらないわ」

ロッキーを握ったその手は、楓の口元へと上がっていき、チョコレートのかかっていない持ち手の部分を咥《くわ》えて、こっちを向いた。

おいおいまさか……。

「あはひのおえい、うへおっへ（あたしのお礼、受け取って）」

太陽のような微笑をした楓が膝立ちで横まできた。そして、反対側からロッキーを突き出してくる。

「……っうぅ」

そこに、かぶりつけと言うのか……！

これはいわゆる、ロッキーゲームとかいうやつだ。恋人同士や合コンとかでやると聞いたことはあるが、出会うことになるとは思わなかった。

さて、どうする。俺はごくり、と唾を飲み込んだ。

「待ってください、楓」

俺の様子を見かねて、天海《あまみ》が割って入った。焦っているような、怒っているような強い声だ。

「そ、そんなのはお礼なんかではありません。ベア君が困っています」

「おええはんは、ははっへへ（お姉ちゃんは黙ってて）」

楓はロッキーを唇《くちびる》に挟み、喋《しゃべ》りづらそうに続ける。

「はっひはんほあはひはひへはへほ（さっきちゃんとあたしは見てたでしょ）」

もはや俺《おれ》には何を言っているか分からないが、天海《あまみ》にはちゃんと伝わったようで、悔しそうに下唇《くちびる》を噛《か》みながらも、天海は頷《うなず》いた。

「わかりました。では、どうぞ」

おい、どうしてそうなる。見捨てないでくれ、天海。

けれども、天海は目を合わせようとはせず、大人しく丸テーブルの脇で女の子座りをするだけだった。助けはもうない。

楓《かえで》は満足そうに、ふふん、と笑って、また俺にロッキーを向けてきた。だが俺は咥《くわ》えることができずに戸惑ってしまう。

「はやふひへほー（早くしてよー）」

楓がじれったいと言わんばかりに体を上下に揺すり始めた。まるでご褒美《ほうび》が待ちきれない子どものようである。その期待の眼差《まなざ》しに、つい俺の欲求が突き動かされる。

「わ、わかった……！」

俺は楓の正面を向いた。すると楓は目を瞑《つぶ》る。

「な、なんで目閉じるんだよ……っ⁉」

キスするわけじゃないんだから……。

「いいはあはあうふあえへ（いいから早く咥えて）」

楓が口に咥えたロッキーをぐんと寄せてきた。

ええい、ままよ。せっかくお礼だと言ってやってくれているのだ。その気持ちを無下《むげ》にするわけにもいかない。俺《おれ》は突き出されたロッキーの先っぽに口を近づけた。すると、楓《かえで》のよく整った顔立ちが目の前まで迫ってきた。

きめ細かな白い肌、長い睫《まつげ》、すっと通った鼻筋。こうして見ると、本当に綺麗《きれい》だと思った。目を瞑《つぶ》っているせいで、今にもキスをするような気がしてドキドキしてくる。

い、いけない！　キスまではいかない！　ちょっとロッキーを齧《かじ》るだけだ！

パクッと、楓が咥《くわ》えるロッキーの反対側を口に入れた。

「ん……うふふ」

目を瞑っていても唇《くちびる》の感触で俺が咥えたことを察知した楓が、嬉《うれ》しそうな声を立てた。

今、俺と楓はロッキーという一本の架け橋で繋《つな》がっている。

ポキポキポキ……

さっそく楓が齧って前進してきた。楓の整った顔がさらに近付いてくる。

おいおいまじかよ……こいつ、目を瞑って食べていやがる……！　ヘタをすれば、俺の唇まで到達してしまうかもしれないんだぞ……！　なんてやつだ……！

脇に目を向けると、天海《あまみ》がすごい形相《ぎようそう》で睨《にら》んできてるし……。

これは、早々に齧るのをやめて口を離した方がよさそうだ。そう思った時、ガシッと楓に両肩を掴《つか》まれた。猛獣が獲物を捕らえるかのようにしっかりと、力強く。

「んふんっ！　んふんっ！（いたい！　いたい！）」

楓が普段から鍛えている自慢の怪力だ。そう簡単には逃げられない。

こうしている間にもどんどん楓が進行してきてしまう！　このままでは楓と唇が触れ合ってしまうことに……！

近づいたせいか、部活終わりで蜜の汗を流しきっているはずの楓からメイプルシロップの香りがほのかに漂ってきた。そしてふと、楓の唇が目に入ってしまう。なんて可愛《かわい》らしくて綺麗《きれい》な唇なんだろう。小ぶりだが、ふっくらとした感じがよくわかる。

ああ、もうこのまま唇と唇が激突しちゃってもいいかな。

「鼻の下伸ばした変態ベア君っ！」

ドスンッ
肩を思いっきりど突かれた。その衝撃で、俺は横に吹っ飛んで床に激突した。

ロッキーの架け橋は、真ん中で真っ二つに切断されていた。

残ったロッキーをパキッと食べ、楓は眉《まゆ》を吊《つ》り上《あ》げる。

「ちょっとお姉ちゃん！　邪魔しないでくれる!!」

「こんなのはお礼でも何でもありません！　ですので邪魔しても問題ありません！」

天海も怒っているようだ。こんなに声を荒らげるのも珍しい。

「お礼かどうかはあたしが決めることでしょ！　もう一回やるから邪魔しないで！」

楓《かえで》が俺《おれ》の腕を引っ張って起き上がらせようとしてくる。

「そんなの許しません！」

もう一方の俺の腕を天海《あまみ》が掴《つか》んできた。

「離してよお姉ちゃんっ！　クマさんにちゃんとお礼させて！」

「ダメです！　ベア君は渡しませんっ！」

二人で同時に俺を引っ張り合った。俺は真中から引き裂かれそうになってしまう。

「痛い痛い痛い二人ともっ！　やめろって！　やめ……俺を巡って争わないでぇ！」

それでも二人は俺を引っ張り続けた。この二人のことだ、俺が二つに裂けてもきっと引っ張り合いを続けるだろう。これではお礼ではなく処刑だ……。

「離してお姉ちゃんっ！」

「離しませんっ！」

結局その後、俺を綱にした綱引きは、二人の体力が尽きるまで続けられた。

◇◇◇

「……はぁ」

天海と楓による処刑タイムを乗り越えると、とんでもない疲労感が襲っていた。

「それで、二人のお礼を受け取ったクマさんはどっちがいいと思ったの？」

楓が期待たっぷりの眼差《まなざ》しを向けてきた。

「今ので選べるか！　結局どっちも痛めつけられて終わってるからなっ！」

天海が氷のような瞳《ひとみ》を輝かせる。

「そうですか、じゃあもう一周やって決着つけましょう。今度はベア君の手足を縛って」

「いや待てそれだけはやめてください」

もう一周今のお礼タイムを繰り広げれば確実に俺の精神はもたない……。

そんなことを察する様子もない楓が首を傾《かし》げる。

「どうしてよ？」

「逆に訊《き》こう。なぜそれが分からない！」

天海が何かを思い出したようにはっとした。

「では、こういうのはどうでしょう。延長戦として、二人が同じことをするというのは」

「え、延長戦だと……？」

相当青ざめた顔をしていたのだろう。俺の顔を見た天海が苦笑した。

「安心してください、もう痛い思いはしないで済みますよ。ベア君、今日は甘いものをご馳走《ちそう》すると言っていましたね」

「おう、そういえばそうだったな」

双子の勝手な勝負に巻き込まれたせいで何をしに来たのか忘れてしまっていた。

楓《かえで》が食いついてくる。

「なになに、クマさんは甘いものが食べたかったのね！　じゃあ延長戦勝負内容はスイーツにしましょ！　どっちのほうが美味《おい》しいスイーツを作れるか勝負よ！」

「いいでしょう」

天海《あまみ》が承諾し、勝手な双子対決第二戦が幕を開けた。だが、この勝負内容であればさっきのようにはならないはずだ。……そう願う。

俺《おれ》一人が天海の部屋に残り、姉妹は店の厨房《ちゅうぼう》へと下りて行った。営業時間中に使っても問題ないのかと訊《き》くと、どうせ昼は客がほとんど来ないから大丈夫なのだと笑い飛ばされてしまった。天海家の経営状況が不安で仕方ない。

不安と言えば、もう一つ不安なことがあった。それは天海の料理の腕である。

林間学校の時、天海は恐ろしい包丁の持ち方を披露してくれた。果たしてまともに料理ができるのか心配なところだ。

「でっきたわよ～！」

待たされて四十分が経《た》とうとした頃、ようやく楓がドアを開けて入ってきた。日夏《ひなつ》高校の制服の上にエプロンを着けた格好だ。林間学校の時、天海のエプロン姿がとても似合っていると思ったが、楓もやはり可愛《かわい》らしかった。

昼時に来てから色々あったから、もうおやつの時間が近い。昼食を食べずにきたのでもう空腹で限界だった。

「待ちくたびれたぞー」

「ごめんなさいねクマさん～。お姉ちゃんが作るの遅くて」

「楓の方が早く仕上がってたのか？」

「そうよ、お姉ちゃんより十分は早くできてたわ」

早くできればいいというものではないが、急に作れと言われた楓の方がそんなに早く準備できていたというのは素直に感心した。

楓は手に持っていた陶器の皿をテーブルの上に置いた。

「じゃじゃーん！　ほら見て、あたしのはパンケーキよ！　ここにあるクリームとジャムを付けてお食べ！」

「おぉ！　美味《うま》そうだな！」

それはパンケーキだった。真っ白な皿に乗った、ふんわりとした厚いケーキ。そこには雲のような生クリームとルビー色のジャムが掛けられていた。生クリームにはハーブが添えられており、色合いがオシャレだ。

「意外だ……楓ってそういうの得意だったんだな」

「失礼ね！　これでも喫茶店の娘よ？　それに女の子同士で色々作り合ってプレゼントと

かよくあるから、ちょっとだけ自信あるの」

「そうか、それは楽しみだな。ところで天海《あまみ》は？」

天海はまだ部屋に入ってきていない。もしかしてまだ下にいるのだろうか。

楓《かえで》が開けっぱなしのドアの方に声を掛ける。

「ほら、お姉ちゃんも」

すると、天海が重い足取りで部屋に入ってきた。手には楓と同じように皿を持っている。

「私のは……レモン風味のマフィンです」

その言葉とともにテーブルに置かれたのは、焦げ茶色のごつごつ堅そうな塊。沖縄名物、サーターアンダギーを焦がせばこうなるかもしれない。香りもレモン風味といえばそうだが、火を通し過ぎたせいか入浴剤のような匂いに感じられる。

「天海……やっぱり料理が苦手だったんだな……？」

「見た目が悪いだけです！　味はいいはずですっ！　……たぶん」

……たぶん、のところの自信のなさが怖い。林間学校の時も、包丁の持ち方は殺人鬼だし、野菜の切り方はハンターだった。今回のお菓子も、ひょっとしたら何かを殺せる力を孕《はら》んでいるかもしれない。本当は拒否して逃げたいところだが、これは天海が頑張って作ってくれたお礼の品だ。食べないという選択肢はない。覚悟していただくとしよう。

「とりあえず、いただきま……」

大口を開けて、天海のマフィンを手づかみで食べようとした時、違和感を覚えた。

これがマフィンに見えなかったから違和感を覚えたわけではない。確かにマフィンではなかったが、そこが問題ではない。いや、問題だが、それ以上のことが今ここにはあった。

試しに楓のパンケーキに鼻を近づけてみて確信する。

「おい、ふたりとも……汗、入れたろ?」

「「ぎくり」」

二者一様にびくりと体を震わせた。実に分かりやすい。二人とも隠し味として自分の甘い蜜の汗を加えていたのである。ジャムやレモン風味にすることで隠していたつもりらしいが、鼻を近付ければ俺《おれ》には丸わかりだ。

「お前らいくら勝ちたいからってなぁ……クマ化しちまうんだぞ」

「クマ化がなんです! ほら、早く私のを食べてください!」

天海がマフィン(?)を掴《つか》むと、俺の口に突っ込もうと身を乗り出してきた。そのまま、俺の右手を天海が握ってくる。指を絡ませるようにして掴まれ、離せなくなってしまった。

「ダメよお姉ちゃん! クマさんに食べられるのはあたしが先よ! さあクマさん食べて!」

楓はペン回しをするようにくるりとフォークを手に取り、パンケーキにクリームとジャムを付けると、俺の口に押しつけてきた。楓は俺の左手を封じにきたようだ。天海と同じように指を絡ませてくる。

「邪魔しないでください楓《かえで》！」

「邪魔してるのはお姉ちゃんでしょ！」

互いに睨《にら》み合《あ》い、俺《おれ》の口にそれぞれの甘味を押し付けてきた。

だが、どうしてもクマ化したくない。俺は口を閉じ顔を背けて抵抗した。

「仕方ありませんね。やりますよ、楓」

「わかったわ、お姉ちゃん！」

二人は顔を見合わせて頷《うなず》き合うと、

「「せーっの!!」」

と息を合わせて俺を押し倒した。対立しているようで仲良しな二人だ。

「うぐっ」

俺は背中をカーペットに叩《たた》き付けられて倒れた。その上に寝そべるようにして、天海《あまみ》姉妹が体重を預けてきた。これでは身動きが取れない。

二人の甘い香りが混ざり、降り注いできた。これじゃ、甘味を食べる前にクマ化してしまう……！

「お、おいふたりとも、ふぐっ！」

天海のサーター……マフィンと楓のパンケーキが同時に口に入ってきた。これでは味わえたものではない。喉を通る前に次々と押し込まれて、俺は息ができなくなっていた。

「んー！　んー！」

必死にそのことを訴えようとするが、言葉が発せられず伝えられない。

……どうしよう……段々意識が遠退《とおの》いてきた………。

俺はここで、まさかこんなことで死んでしまうのだろうか………。

ああ……せめてもう一度、天海のハチミツを思う存分舐《な》めてから死にたかったな……。

「……こんなクマさ……初めて見たわ！　ヒグ……似てるけど……」

暗い闇の中。声が聞こえる。

「そうね、ある動物園にヒグマとホッキョクグマのハーフがいたわ！　そんな感じ！」

これ、楓の声か……えらくテンション高いな。何を言ってるんだ……？

「う、うぅ……」

「っ！　ベア君が目を覚ましました……！」

目の前には顔がそっくりな美少女二人の顔。その内の一人が心配そうに顔を覗《のぞ》き込《こ》んできていた。もう一人の顔もすぐそこにあるが、えらくにこやかだ。

そうか、ここが天国か。さすがは天国。やはり可愛《かわい》らしい天使がいるものなんだな。

……いや、ここは天国なんかじゃない。

その顔は、天海と楓のものだ。俺は慌てて起き上がる。

ここは天海《あまみ》の部屋。気を失う前の場所と同じだ。

「生きて……る？」

俺《おれ》は生き延びたのだ。ここまで死を覚悟したのは初めてだったが、どうにか命を繋《つな》いだようである。

「私たちの作ったものを完食したら、急に意識を失ってしまって……ベア君、大丈夫ですか？」

天海が瞳《ひとみ》に不安の色を浮かべて訊《き》いてきた。

「ああ、大丈夫だ」

楓《かえで》が大げさに安心したような声で言ってくる。

「よかったぁ。気を失った時はどうしようかと思ったのよ？」

「嘘《うそ》つけ。お前はハイテンションであーだこーだ言ってたろ……」

「てへへ。ごめんね、クマさん」

楓が舌を出して笑い、弾む声で謝罪した。一方、天海は心からの謝意を込めた声で言う。

「本当にごめんなさい、ベア君」

「まあ、お前たちも悪気があってやったわけじゃないしな。気持ちは嬉《うれ》しいよ。でも、今度からこんな強引なやり方はやめてくれ」

それから天海は、言いづらそうに唇《くちびる》を動かす。

「ベア君。それとも一つ大変なことが……」

その先はどう説明しようかと迷っていたようだが、ついには箪笥《たんす》の上にあった鏡をテーブルの上に置くことで説明とした。そこに映しだされた自分の姿を見て、俺は驚愕《きょうがく》した。

「灰色になってる……だと」

クマ化している。それは汗入りのお菓子を食べたのだから当然だ。しかし、これまでのクマ化とは違っていた。黒でも白でもなく灰色の毛に覆《おお》われていたのだ。

楓が不思議そうな顔をする。

「ハチミツで黒いクマさん、メイプルで白いクマさんになるのよね。灰色のクマさんになるって珍しいことなの？」

「それが、初めてのことなんだ」

「ベア君がまさか灰色になってしまうとは……」

そう言いつつ、天海は眉《まゆ》を曇らせて不安そうな面持ちをしていた。

「あの、ベア君。私を舐《な》めてください」

天海の申し出だ。きっと、自分のせいでクマ化してしまったことに責任を感じてるんだろう。今日は天海の体を舐めるようなことはしたくなかったが、仕方ない。天海のハチミツをいただこう。

「待って、お姉ちゃん。あたしの蜜を舐めさせましょ」

楓《かえで》が割って入ってきた。けれども、天海《あまみ》も譲らない。

「いいえ、ベア君はハチミツの方が好きなのです。私の蜜を舐《な》めさせるべきです」

「そんなことないわ！　クマさんはあたしの蜜も好きだと言ってくれたわ！」

「わかりました。では、二人の蜜を舐め比べさせましょう」

「いいわよ」

俺《おれ》のことなのに、またも俺抜きでどんどん話が進んでいく。

「ちょっと汗をかいてくるので待っていてください」

「また後でね、クマさん」

そう言い残し、ふたりは喧嘩《けんか》しながら外へ出て行ったため、俺は一人天海の部屋に取り残されることになった。本日二度目である。

しばらくすると階段を駆け上がる音が聞こえ、ガタンと楓が部屋に飛び込んできた。

「ハアハアさあクマさん！　ハアハア、舐めて！　ハアハア」

うわぁ……何この子こわい……。

汗だくで息を荒くして部屋に入ってきたのは、どう見ても美少女の皮を被《かぶ》った変態だった。

楓がブラウスのボタンを上から外していく。ブラウスの隙間からキャミソールが顔を出した。見てはいけないと思いつつ、どうしても見入ってしまう。

楓はキャミソールと下着の紐《ひも》を肩から下ろし、肩から胸のあたりまでがはだけた。

「うわっ！　だめだ！　楓！　服着ろ！」

俺は急いでこの場から立ち去ろうとするが、すぐに楓に腕を掴《つか》まれ足技で倒されてしまった。そのまま、口に鎖骨《さこつ》の辺りを押し付けられた。

「うぐっ」

そこはメイプルシロップでいっぱい。とても甘かった。

楓のメイプルシロップの味は、優しく上品な甘さだった。荒々しくて元気な楓だが、その蜜は深窓の令嬢のようにおしとやかだったのである。舐めれば舐めるほど、楓が静かで可憐《かれん》なお嬢様に見えてきた。なんて美しいのだろう！　もっとこの幻想を味わいたい！

「ひゃんっ、クマさんくすぐったいわよ！　あっ……」

気が付けば楓の胸や首を舐《な》め回《まわ》していた。メイプルシロップの香りが薄まっていることから、もうかなりの量を舐め取ったはずだ。しかし――

「元に戻ってない……」

相変わらず俺の手は灰色の毛に覆《おお》われ、真黒な鋭《するど》い爪《つめ》が伸びていた。

「はあ……はあ……やはり私の汗でないとダメみたいですね」

そこへ息を切らした天海が部屋に入ってきた。

楓を退《ど》かし、天海が圧《の》し掛《か》かるようなポジションになる。

「さあ、ベア君どうぞ……はあ、はあ」

どっと興奮の波が押し寄せた。さっきのメイプルシロップの時とは大きく違う。全身で、この半分ハチミツの少女を舐《な》め回《まわ》したいと思った。甘い香りに脳が支配される。

天海《あまみ》の肩を掴《つか》んで体を引き寄せ、首筋に舌を這《は》わせた。

「ひうっ……ん……」

美味《うま》い。美味すぎる。

心なしか、これまでにも増して美味《お》しく感じる。ハチミツだけじゃなく、天海の肌に触れる舌の感触とか、伝わる温《ぬく》もりとか、そういうものが愛《いと》おしく思えて仕方ない。

「っ⁉」

ふと目を開くと、視界は天海の綺麗《きれい》な顔で覆《おお》われていた。目と鼻の先に天海の顔がある。天海は目を見開いて、驚いているようだ。まるで目の前にいきなり猛獣でも現れたような顔である。

俺《おれ》は慌てて天海の肩を掴んで持ち上げて、距離をとった。

「ど、どのくらい舐めてたっ！」

「た、たぶん一、二分くらいですっ。ですが……」

混乱に満ちた天海の声だった。

ああ、照れくさくてしょうがない。穴があったら入りたい。ハチミツがあったら舐めたい。

ん、ハチミツ……？

スンスンと嗅ぐと、天海の汗の匂いは感じなくなっていた。これならば普通の人間には分からないレベルだ。とすると、恐らく量的に言って、俺は満足するくらいハチミツを舐めたということになる。だが、ハチミツに対する欲求は変わらず湧いている。

「クマさん……」

楓《かえで》が珍しく青ざめた表情で俺を見ていた。推測が確信へと変わっていく。

「まさか……」

俺は胸中がざわつき、慌てて鏡を見た。

「元に……戻ってない……」

そこに映る俺の姿は、人間のものではなかった。それどころか……、

「それどころか、本物のクマになってしまいました……」

そう、天海の言う通り。俺は、どこからどう見ても、正真正銘、百パーセントクマのようになってしまったのである。

第五話　桜とベア君

薄暗い、岩肌に囲まれた空間。

ひんやりとした空気が満ち、どこかでポタポタと水滴の垂れる音が聞こえる。

小さな洞窟の中、俺《おれ》は一匹、ごつごつとした地面にブランケットを敷き、横になってワンセグテレビを見ていた。周りには、食料や日用品が入ったビニール袋がいくつも置いてある。お世辞にも暮らしやすいとはいえない。けれど、生活するのに最低限のものが揃《そろ》っていた。

「ベア君、いますか？」

誰かが来た。ほんのり甘い、天海《あまみ》の香りだ。俺は重たい体を起こすと、彼女の姿が見えるところまで出た。

「天海か？」

「はい。食べ物を持ってきました」

外の光を背に、日夏《ひなつ》高制服姿で、スクールバッグを肩に掛けた天海が手に持っていたバスケットを持ち上げて見せた。

「俺なんかのためにいつも悪いな」

「ベア君、それは言わない約束ですよ？　悪いのは私たちの方ですし……」

天海が暗い顔になった。逆光だから余計に暗く見える。

「天海、それも言わない約束だぞ？」

「そうでしたね」

天海がぎこちなく笑って見せた。

俺が天海姉妹の甘味《あまみ》を食べて本物のクマになってから十日間。未《いま》だ俺の体は人間に戻らずしていた。

そしてここは、日夏高校の裏にある日夏山という山の中腹にある洞窟。クマ化した自分の正体が世間に広まってしまうことを恐れ、こうして山籠《やまご》もりをしているのである。

初めの三日間は自分の家に引き籠《こも》りながら、元の体に戻る方法を色々と探っていた。しかし、一向にその方法は見つからず、それどころか家の物を色々と破壊しまくって大変だった。その騒ぎのせいで、俺の存在が世間にバレてしまうのではないか、という恐怖にかられた俺は、山に身を隠し、引き続きクマ化を解く方法を調べることを決意したのである。

そのことに母さんは反対していたが、これ以上迷惑はかけられないと思い、深夜にこっそり出てきた。

俺をクマに変えてしまって責任を感じているのか、天海はすぐさま「食料を届けます」と携帯電話で連絡してきた。最初は遠慮していた俺だったが、空腹に負け、天海に甘えることにした。それから毎日、天海《あまみ》は食料を持ってきてくれている。天海には感謝するなと言われているんだが、どうしても感謝の気持ちが溢《あふ》れてきてしまう。

天海は俺《おれ》の目の前にバスケットを置いた。ラップに包まれた手作りのサンドイッチやリンゴ、分厚い辞書のような本、そしてハチミツが詰まった小瓶が入っている。辞書のような本は、図書館で借りるよう頼んでおいたクマの伝承について記された本だろう。

「すげぇハチミツ舐《な》めたかったんだよ。ほんと助かる」

天海がムスッとした。

「まず初めに触れるのがハチミツの方ですか？　普通はサンドイッチの方でしょう？　私の手作りですよ？」

「だってお前料理の腕が……」

「はい？　よく聞き取れませんね」

天海はぴくりと眉《まゆ》を動かし、静かにハチミツの小瓶をブラウスのポケットに仕舞《しま》った。

「本当はお前の手作りサンドイッチが楽しみで仕方ないです！」

「そうですか、そんなに私のサンドイッチが欲しいですか。最初からそう言えばいいのです」

天海は薄《うつす》ら頬《ほお》をピンクに染め、満足したように頷《うなず》きながらハチミツをバスケットの中に戻してくれた。

「確かにサンドイッチもすげぇ嬉《うれ》しいけど、もう一週間お前のハチミツ舐めてないから飢えてるんだよ」

天海は首を傾《かし》げた。

「ハチミツなら、ほとんど毎日持ってきてあげてますよ？」

「市販のだろ？　俺はもう、お前のハチミツじゃないとダメな体なんだよ」

「気持ち悪い言い方です、変態ベア君……」

天海はジト目でそう言い、呆《あき》れ半分、安堵《あんど》半分といったため息を吐《つ》いた。

「ですが、今日も元気なようで安心しました。またお母様に報告しなければいけませんね」

天海は俺が家に身を隠している時から毎日会いに来てくれていた。母さんも天海のことを信頼しているようで、俺の様子見を頼まれているらしい。

その時、天海が不意に大口を開けた猫のようにあくびをした。

「ふぁ～……」

「なんだ、寝不足か？」

「え、あ、はい！　ただの寝不足ですっ！　ベア君には関係のないことで寝不足ですっ！」

天海は目を合わせず、慌てたように早口でそう答えた。

何か怪しい。けれど、寝不足なのは本当なようだ。目の下には薄らくまが見え、顔色はいつも以上に白い。

「大丈夫か？　よかったらここで寝てくか？」

「え……べ、べべ、ベア君の寝床で、ですかっ？」

白かった顔が一気に赤くなった。動揺しているようだし、何だか様子が変だ。

「そうだが……あ、すまない。クマが寝たところは嫌だよな。ブランケットは家から持ってきたものだから、俺《おれ》の匂いで臭いだろうし」

「いえ！　そういうわけではありません！　喜んで……ではなくてその、寝るまではいかなくても、少し休ませていただきたいな、と」

「そうか、なら」

俺は袋の一つから新しいブランケットを出し、天海《あまみ》に手渡す。

「これ使ってくれ」

「はい」

天海はすごく嬉《うれ》しそうににっこりと頷《うなず》いた。そして、俺から受け取ったブランケットを寝床へ敷き、そこへ靴を脱いで上がる。しかし、天海は怪訝《けげん》そうな顔をした。

「寝心地が悪いですね。その……ベア君、ちょっとクッションになってください」

「はあ!?」

恥ずかしそうにもじもじしながら、とんでもないことを言い出した。クッションになれということは、いっしょに寝ろということじゃないか。

「い、いいから早く来てください」

天海がちょっと怒ったように、ポンポンと自分の横を叩《たた》いて隣に来いと示す。

「わ、わかったよ」

俺は天海の気迫に押されるがまま、彼女の隣まで行って蹲《うずくま》った。天海が抱き付くように身を預けてくる。甘いハチミツの香りがどっと鼻に押し寄せてきた。

「ベア君は柔らかいですね。モフモフです」

天海が、俺の背中の毛を撫《な》でながら落ち着いた声を出した。これならば、寝付くのも時間の問題かもしれない。

一方俺は、なぜか胸が高鳴って仕方なかった。天海に触れられているところが変に熱い。天海の温《ぬく》もり、体にかかる吐息、抱きしめてくる柔らかい感触。そのすべてを愛《いと》おしく感じ、俺の気分を落ち着かせなくした。

そこへ、体を通して天海の静かな声が響いてくる。

「ベア君、そろそろ家の方へ戻ってきませんか？　私の家でもいいですよ？　事情を話せば両親だってきっとわかってくれます」

「だが……」

「お母様も楓《かえで》も心配しています。ですから、ここにいるのはやめて……」

「いや、帰るわけにはいかない。これ以上騒ぎを起こして、世間に俺の存在がバレれば大変だ」

「わかり……ました」

天海《あまみ》は洞窟の闇へと消え入りそうなほど弱く寂しそうな声を出した。そして、俺《おれ》の体に顔を埋《うず》める。

「もう寂しくて……我慢できません……」

籠《こも》っているせいで何を言ったか聞き取れなかった。しかし、聞き返すより前に、安らかな寝息が聞こえてきた。

起こすのも悪い、しばらく寝かせてやろう。

二十分と経《た》たない内に天海はぱちっと目を覚まし、すぐに携帯電話で時刻を確認して安《あん》堵《ど》の息を吐《つ》くと、照れたように顔を赤らめつつジト目を向けてきた。

「ね、寝ている間に変なこととかしませんでしたよね？」

「するかよ」

天海はあくびをしながら起き上がった。天海が密着していたところに冷たい空気が触れて、温《ぬく》もりを恋しく思う。天海はスカートを手で払い、スクールバッグを肩に掛け、ちょっと寂しそうに微笑《ほほえ》んだ。

「では、そろそろ帰ります。明日も食べ物を持ってきますね。他に欲しいものはありませんか？　何でも言ってください」

「お前のハチミツ」

答えた瞬間、天海《あまみ》がスクールバッグから一つの缶を取り出した。

プシュ――――

「うわぁああアアアアグゴォオオオオオオオ」

缶から放出された強烈な破壊砲撃が俺《おれ》を襲った。吐《は》き気を催す刺激臭と、目鼻口のすべてから火が出そうなほどの熱を感じ、のたうち回る。天海が突き出してきた缶は、通称クマよけスプレー。噴射口から出てきたのは、クマだけでなく人間にも絶大な効果を発揮する唐辛子を主成分とした液体だ。

「ほうほう、叫び声はクマらしいのですね」

苦しみもがく俺の姿を見て、天海はふむふむと頷《うなず》いた。

「何すんだっ！　嗅覚《きゆうかく》敏感になってるんだぞ！」

「ベア君はこんなことでは死なないでしょう」

確かにそうだが、苦しいことには変わりない。本物のクマでさえ一目散に逃げだすというのがよく分かる。

「この辛さをお前にも味わわせてやりたい……！　口直しにお前のハチミツを――」

「では、本当にさようなら、ベア君」

「無視かよ！」

「どうぞ、換気頑張ってください」

天海はそれを言い残して洞窟を後にした。俺はさっそくばたばたと前足で仰いで風を送り、一刻も早く激臭を洞窟から追い出そうとする。

「ベア君」

洞窟の出口で天海がくるりとスカートを翻《ひるがえ》して振り返り、にこっと笑った。

「また明日、会いましょうね」

◇◇◇

翌日の夕方、洞窟に賑《にぎ》やかな声が響き渡った。

「クマさぁん！　差し入れ持ってきたわよ～！」

元気で張りのあるこの声は楓《かえで》のものだ。楓は二日おきに会いに来てくれることになっている。俺は洞窟の入り口の方まで出迎えた。

「おう、楓。天海は一緒じゃないのか？」

「お姉ちゃんはちょっと遅くなるって」

「そうか」

洞窟の入り口で、日夏《ひなつ》高校の制服を着た楓が何かいいことでもあったように明るい表情で目をキラキラ輝かせている。彼女のスマイルに暗い洞窟すべてが照らされているようだ。

その手には紙袋が一つ。そこから甘くて芳《こう》ばしい香りが漂ってきていた。

「それアップルパイか?」

楓《かえで》はにこりと笑い、紙袋を手渡してきた。俺《おれ》はクマの手を広げて掬《すく》うように受け取る。

「さすがクマさんね! 正解よ」

「はい、あたしお手製のアップルパイ。感謝しながら味わってちょうだい。そのかわり
……」

「モフモフさせてくれ、だろ? いいぞ。前回もそうだったし」

「やった!」

やっぱりな。来た時からやけに目が輝いてると思ったら、これが目的だったか。しかし、天海《あまみ》と同じように楓にも世話になっている。耳や毛を触らせるくらい安いものだ。

「ほええ～」

恍惚《こうこつ》の笑みを浮かべて俺の耳をまさぐる。仔猫《こねこ》を愛《め》でるような手つきで、首や背中、前足、肉球、至る所を撫《な》でられた。そして、楓の細い指が俺の尻尾へと移動しようとする。

「ああちょっと待ってくれ楓! そこはやめてくれ!」

「えー」

楓が名残惜しそうに手を離した。口を尖《とが》らせて、いじけているようにも見える。子ども

っぽくて可愛《かわい》らしい仕草だ。これで陸上部のエースとは思えない。

「ところで楓、今日は早かったな。部活は大丈夫だったのか？」

「きょ、今日は休みだったのよ」

楓は冷や汗を流しつつ顔をパタパタと仰いだ。一応は部活で汗を流してきたのだろう。薄《うっす》らとしかメイプルシロップの匂いがしない。基本は楓自身のもっと優しい甘い香りだ。

「嘘《うそ》だな」

「う、嘘じゃないわよ！　日夏《ひなつ》市動物園からクマが逃げ出したみたいで、その子たちが学校のグラウンドに出て練習ができなかったのっ！　ツキノワグマにヒグマ、アメリカグマ、ホッキョクグマ！　クマクマクマクマのオンパレードだったわ！」

「吐《つ》くならもっとマシな嘘を吐け」

呆《あき》れまじりにそう言うと、楓はシュンとなった。

「……うぅ、本当はモフモフしたくて休んだのよ」

「そんな理由でサボったのかよ……。しかし、へんてこな言い訳を思いついたな」

「でも、動物園からクマが逃げ出したことは本当よ？」

「それ本当だったのかよ！」

「もう捕獲隊が結成されたみたいだからすぐに捕まっちゃうと思うけどね。あーあ、残念。せっかく自由に走り回るクマさんが見られると思ったのに」

「そこで残念がるのがお前らしいよ……」

それにしても、俺《おれ》をこの体にしてしまったからとか、変な罪悪感で休んだんじゃなくてよかった。俺はほっと胸を撫《な》で下ろした。

「俺は会いに来てくれて嬉《うれ》しいが、明日からは部活サボるなよ」

「ごめんなさい……」

楓《かえで》は親に叱られた子どものように縮こまってしまった。そして、その場に背を向けてしゃがみ、岩の地面に『の』の字を書くようにしながらぶつぶつ呟《つぶや》く。

「クマさんに怒られた……クマさんに怒られた……」

おいおい、そこまで落ち込むか……？　これじゃ俺が悪いことしたみたいじゃないか。

「す、すまなかった。だがな、俺は楓にこれまで通りの生活を崩してほしくなくてだな」

「う、う………」

楓の肩が小刻みに震え出した。まさか泣いてるのか……!?

「ゆ、許してくれ！　そ、そうだ！　お前の言うことを何でも一つ聞いてやる！　だから元気出してくれ！　な！」

「う、うう……うふふ」

うふふ？　何か様子がおかしいぞ。

「うふ、ふふふ。うふふふふ！」

肩の震えが徐々に大きくなり、そしてついには盛大な笑い声を上げた。

「引っ掛かったわね、クマさん！　すべてはあたしの天才的な演技だったのよ！」

「なんだって……何のためにそんなことを……。まさか……っ!?」

楓がにたりと不吉な笑みを浮かべた。良からぬことを考えている顔だ。

「そう、そうよ。クマさん言ったわよね。何でも一つ言うこと聞くって」

「いやそれは無効だ！　ズルいぞ！」

「そこでクマさんに渡したいものがあるわ。はいこれ」

楓は抗議を受け付けず、スクールバッグの中から何かを出して手渡してくる。それはどう見ても首輪だった。飼い犬に着けるような、緑がかった青色をした革製の首輪だ。

「な、なんだこれは……」

「何って、首輪に決まってるじゃない」

「それは分かってる！　俺が訊《き》いてるのは、何に使うのかということだ！」

「クマさんに着けるのよ。決まってるじゃない」

「そんなことは決まってないっ！」

一体こいつは俺のことを何だと思ってるんだ！

「えー首輪着けてないと野良のクマだと思われちゃうわよ？　そうなったら他の誰かに捕まっちゃうかもしれないのよ？　クマさんが誘拐されちゃうわ！」

「こんなクマ誘拐するやついるかよ！」

楓《かえで》は相変わらず楓のようだ。クマの姿になってしまっても、俺《おれ》に対する態度を変えない楓。日常から遠退《とおの》きすぎた俺にとって、それがこの上ない癒《いや》しだった。

「えらく楽しそうですね、二人とも」

「お姉ちゃん！」

天海《あまみ》もやってきた。楓と同じで日夏《ひなつ》高校の制服を着ている。呆《あき》れまじりの眼差《まなざ》しでこちらを見つめていた。楓が天海に駆け寄る。

「ええ！　最高に楽しいわ！　だってクマさんとお話してるんだもの！　クマさんよ、クマさん！　普通はお話できないクマさんよ！」

「よかったですね、楓」

天海は聖母のような優しい微笑《ほほえ》みを楓に向け、手に持ったバスケットから何かを取り出した。

「はい、ベア君。今日のお土産です」

それは輪っか。犬に着けるような革製の首輪だった。楓のとは違って黄色をして――

「――って、お前もかよ！」

「か、勘違いしないでくださいっ。これはベア君が誘拐されてしまうのではないかと心配したからではありません。私のペットとして証明するためです」

照れくさそうにそういう天海。その言葉には悪意しかなかった。

「んなこと証明せんでいい！　せめて誘拐される心配をして渡してくれればよかったよ！」

「心配ならしていますよ？」

「え？」

天海は胸の前で手を組んで見せ、憂心《ゆうしん》を含んだ声音で言う。

「クマであるのをいいことに、ベア君が女湯を覗《のぞ》きに行ったりしないか心配です」

「んな心配はしなくていい！　覗きになんか行くわけないだろ！」

ったく、そんなことだと思ったぞ！　いつだってこいつは俺のことを弄《いじ》ることしか考えてない。天海は続ける。

「では、ベア君がメスグマに惚《ほ》れて家庭を築いてしまうのではないかと心配です」

「それも心配いらん！」

「ではでは。クマの本能が我慢しきれなくなったからといって、ハチミツ目当てで私に襲い掛かってこないか心配です」

「それ……は、わからないな」

ギロリと天海が睨《にら》んできたかと思うと、バスケットに手を突っ込んで、不気味に黒光りするブツ――クマよけスプレーを取り出す。

「いいいや、全く心配いらないぞ！　ノープロブレム！　大丈夫だ！」

「そうですか」

天海《あまみ》は大人しくクマよけスプレーを仕舞《しま》ってくれた。

あのスプレーは見えているだけでも心臓に悪い。俺《おれ》はほっと安堵《あんど》の息を漏らした。

「では、そろそろ帰りますよ、楓《かえで》。もうすぐ日が暮れます」

洞窟の外に目を向け、天海がそう言った。

「えーもう少しくらいいいじゃない。お姉ちゃん来たばっかだし」

「ダメです。暗くなったら、どんな山でも危険なのですから」

「ぶーぶー」

「いいから帰りますよ」

ふくれっ面の妹の手を引っ張り、洞窟の外へとつれていこうとする。まるで我《わ》が儘《まま》な娘に手を焼く母親のようだ。すぐに楓も観念した様子で、天海の手を離し自分で歩き始めた。

俺としてももう少しここにいて欲しかったのだが、確かに暗い夜道を女の子二人で帰らせるわけにもいかない。

「気を付けて帰れよ。また明日な」

天海たちの背中に向かって言うと、二人は洞窟の出口で立ち止まり振り返った。楓は屈託のない笑みで手を振り、天海は小さくおじぎをする。

「またね、クマさん」

「では、また明日です。ベア君」

天海が体の向きを変え、楓もそれに倣《なら》って背中を向けた。ふたりは歩き出し、徐々に遠ざかろうとする。不意に俺は、胸の中が寂しい気持ちでいっぱいになった。

「天海」

「？」

気が付けば呼び止めていた。どちらも天海なので、両方とも止まって俺の方を見る。その目には疑問符が浮かんでおり、俺の言葉を待っていた。

何か言わなければだめだ。が、呼び止めておいて何を言おうか思い浮かばない。

「……毎日ありがとな、ふたりとも。本当に感謝してる」

結局、出たのは感謝の言葉だった。それは本心だが、今この場で言いたいのはもっと別の言葉だ。

つらい。もう嫌だ。寂しい。帰りたい。もっと一緒にいてくれ。

けれど、ここでそんな弱音を吐《は》いたところでどうにもならない。俺のクマ化は解けないし、天海たちにずっとここにいてもらうわけにもいかない。だから言わなかった。

天海たちは二人して微笑《ほほえ》んだ。

「ベア君、それは言わない約束ですよ？　もう、毎日注意させないでください」

「あ、もしかしてクマさん寂しいの？　だったらあたしが一晩中ついていてあげるわよ！」

楓《かえで》が嬉々《きき》とした表情で俺《おれ》のところに戻って来ようとする。しかし、その首根っこを天海《あまみ》が捕まえ、子どもに言いつける保護者のように言う。

「さ、帰りますよ。楓」

「えー、いいじゃなーい」

「だめです。明日も学校があるんですから」

天海は再度俺に顔を向け、少しだけ寂しそうな笑みを見せた。

「では、これで本当に。また明日です」

「ああ、また明日な」

天海たちは名残惜しそうな足取りで山を下って行った。

その背中が見えなくなった途端、心にこの洞窟のように歪《いびつ》な穴がぽっかり空いてしまったような感じがした。

「はぁ……」

もう少しで山は真っ暗になる。天海がくれたランプのおかげで真っ暗にはならないが、一向に慣れる気がしない。闇に埋もれていると、この世界に自分一人だけが取り残されたような気がしてきて孤独なのである。

「いつ戻れるんだろうな……」

様々なクマ伝承の書物を読み漁《よあさ》っているが、戻る手段は見つからない。もう十日以上も元に戻らないということは、時間で元に戻るという可能性は薄そうだ。

最近は、朝起きて自分の体がクマだと確認すると、俺は生まれた時からクマだったんじゃないかと思えてくる。今まで人間として生活してきたのはすべて夢で、本当はただのクマだったのではないか。夕方になって天海たちが来てくれるまで、ひどく怖くなるのだ。

早く元の体に戻って、帰りたい……。

そんな弱音を天海姉妹の前で吐《は》いたら、きっと彼女たちは自分たちを責めすぎてしまうだろう。そうさせるわけにはいかない。あいつらにそんなことは考えてほしくない。

だから、元の体に戻るまでは、ただ気丈に振舞わなければならない。

この不安は一人で抱えなければならないのだ。

山の闇夜はよく冷える。洞窟の奥まで吹き込む風に、俺はぶるっと体を震わせた。

◇◇◇

翌日の昼過ぎ。

俺はいつものように、洞窟の中でクマ伝承が書かれた本を読んで過ごし、ちょうど最後のページを読み終えたところだった。

「結局この本にも載ってなかったな……」

収穫はゼロ。どんなに苦労しても結果が得られず、俺《おれ》の心は折れそうになっていた。

「いや、まだまだ頑張らないとな」

そうだ、このままクマの体のまま人生を終えてたまるか。戻る方法を探し続けるんだ。

その時、ガサガサと葉や枝を踏みつける音が聞こえてきた。

お、今日は早いな。出迎えなきゃ。

昨日までなら警戒したかもしれない。しかし、山での生活も十日が過ぎ、疲労と孤独が限界に近かった俺は、一刻も早く二人に会いたいがために気が急《せ》いてしまったのだった。

「今日は早かったん……」

洞窟から入口の方へと出ると、そこには見知らぬ人が立っていた。

派手な色の登山用ジャケットに身を包んだ女性。五十歳前後だろうか。俺の姿を目にするなり、凍り付いてしまった。

「「え？」」

沈黙と硬直の三秒間。

それから、せーの、とタイミングを合わせたかのように互いに叫び声を上げた。

「きゃぁあああああああああああああ!!」

「ガルォオオオオオオオオオオオオオ!!」

クマの咆哮《ほうこう》に体を震わせ、女性は一目散にその場から逃げ去る。

消えていくその背中を目に、俺はたった今沸き起こった驚きに焦燥感が生まれるのを感じた。瞬《また》く間《ま》にその感情は大きくなり、あっという間に全身に巡る。

「ま、まずいことになった……!!」

どうすればいいのだろう。混乱した頭ではまともに考えることができず、そこから三十分間は、洞窟の中をぐるぐると歩き回ることしかできなかった。

そんな俺の耳に、屋外スピーカーからピンポーンパーンと、町内放送の音が響いてきた。

若い女性の無機質な声が報じる。

『本日十四時頃、日夏《ひなつ》山中腹にてクマが目撃されました。体長は170センチほど……』

そのクマとは、まず間違いなく俺のことだろう。

『……このクマは、一週間前に日夏市動物園から逃げ出したクマであると思われ、結成されておりました捕獲隊が日夏山でのクマの捜索を行うことになりました。そのため、先ほど十四時半より日夏山には入山規制が行われ……』

そういえば楓《かえで》が、動物園からクマが逃げ出した、とか言ってたな。このままでは俺はそのクマだと勘違いされ、捕獲されてしまう。頭に浮かぶのは、俺が檻《おり》の中に閉じ込められ、たくさんの来園者たちに囲まれ眺められる映像。

いやいやいや、残りの人生、否《いな》、熊生を動物園で生きていくことになるのは嫌だ。絶対に捕まるわけにはいかない。なんとしても逃げねぇと……！

俺《おれ》は何も持たずにすぐさま洞窟を飛び出した。俺が女性に見つかってしまったのはあの洞窟だったため、まずは捕獲隊もあそこを狙うと考えたからである。

木々の間の斜面を俺は登り、どこか別に隠れられる場所はないか探した。しかし、俺が過ごしていた洞窟の他には全身を隠せるようないい場所は見当たらず、気が付けば夜になってしまっていた。

夜目《よめ》が利くからこのまま探してもいいのだが、歩き回って疲れた。俺は適当な茂みの陰に葉っぱを敷き、その上に横になる。そして、何とも形容しがたい不安を胸に、眠りについたのだった。

◇◇◇

チュン、チュン、という小鳥のさえずりで目を覚ました。

朝だ。しかしどうにも体が重い。葉っぱの上で縮こまって寝たからだろう。

「腹減った……」

考えてみれば、昨日の昼以降何も食べていなかった。その上、真っ暗になるまでずっと歩き回っていたから、空腹で限界になっていた。喉もカラカラだ。

しかし、焦って出てきたせいで、食料はすべて洞窟の中。俺の腹を満たし、喉を潤してくれるものは何もない。

「早朝だし、ちらっと戻るだけなら大丈夫だろ……」

腹が減って仕方ない。食料を取りに戻るだけなら、見つかることもないだろう。

俺は山の斜面を滑り降り、洞窟へと戻った。

遠くから洞窟の様子を窺《うかが》ったが、昨日と何も変わった気配はない。辺りに誰かがいるようでもない。嗅いだことがない匂いが漂っているから、昨日一度捕獲隊が来たのかもしれないが、今はいないようだ。食料を取るなら今がチャンスだろう。

俺は洞窟へと駆け、中に入り、ブランケットの周りに並べられた袋に顔を突っ込んだ。

とっとと食料を咥《くわ》えてここを離れよう。そう思って出口へ向かおうとした時だった。

――テュンッ

「っ⁉」

ブランケットに何かが刺さった。ダーツの矢のような見た目だが、直感でそれが危険なものだということは分かった。

まさかクマ捕獲隊が待ち構えてたのか⁉　今すぐ逃げねぇと――‼

全身に力を入れて洞窟の出口に向かい走る。

しかし――

「んわっ⁉」

洞窟を出てすぐのところにネットが仕掛けてあった。俺《おれ》は勢いよくそれに絡まり、動けなくなってしまう。

まずい！　身動きが取れない！　どうすればいいんだ！

――テュンッ
その弾を避《よ》けられたのはまぐれだった。ネットから逃れようと身を捩《よ》じらせ捻《ね》じらせしていると、一呼吸前まで体があった場所に先ほどと同じ矢が刺さったのだ。今のは偶然避けられたが、次はそうはいかない。俺の動きを読み、確実に仕留《しと》めにくるだろう。

俺がただのクマと違うところを活《い》かせ！　それは頭だろ！

このネットはたぶん、俺の動きを一時的に封じるための物だ。ならば――

ゴロゴロゴロゴロゴロゴロ……

俺は転がった。そのまま近くの茂みに潜り込み、狙撃から死角になる位置に体を隠した。

狙い通り、攻撃が止《や》んだ。この隙に、ネットを外していく。

「……よし！」

ネットが取れた！　今のうちに逃げよう。狙撃手は風下にいるのか匂いがほとんどしない。ならば逃げるのは風上だ。姿勢を低く保ちつつ山の中を四足歩行で駆けていく。

ある程度藪《やぶ》を進んだところで、登山道に入った。身を隠す木々もなく見つかってしまいやすいかもしれない。けれど今は四《し》の五《ご》の言ってられない。俺は登山道を進んだ。

しかし、どこへ逃げたらいいんだ。今のところ、とにかく風上に向かって逃げているが、その先のことを考えていない。この山の近くにどこか身を隠せるところは——

——気が付けば目の前に障害物があった。

「あっぷ……っ！」

慌ててブレーキをかけるが、土のせいで滑り、軽い力でぶつかってしまう。

むにゅ。

顔面を覆《おお》う柔らかい感触。それと同時に襲い掛かってくる魅惑的な甘い香り。ハチミツやメイプルシロップのように濃いわけではないが、非常に心が惹《ひ》かれる香りだ。

一歩後退し、それを確認する。

まず目に入ったのが、黒い三角の布地。そしてそこから伸びるすらりとした二本の真っ白な太もも。

もう一歩下がると、俺の頭から何かがするりと落ち、それを隠した。そこには、スカートから伸びる足があった。そう、俺の頭に掛かっていたのはスカートだったのである。

見上げれば、上半身をこちらへ振り返らせた見知った少女の顔があった。その顔と目が合い、彼女は鬼のような形相《ぎょうそう》を作る。

——ズドォン

突如《とつじょ》飛んでくる鉛弾。

それは俺《おれ》の足元の地面に小さな穴をあけた。穴から立ち上る煙を見て総毛立つ。

「逃げるなっ!!」

なんてこった……!!

俺がパンツダイブをしてしまった相手は、クマ討伐《とうばつ》隊最高戦力にして天敵である鈴木麗《すずきれ》奈《な》だったのだ。彼女は制服姿で猟銃を持っていた。

そもそもなぜこんなところに鈴木がっ!?　と考える前に鈴木が動く。

「この卑《いや》しい獣風情《ふぜい》が！」

——ドゴォン

目も留《と》まらぬ速さでリロードを終えた鈴木が次弾を放ち、俺の足の毛を掠《かす》めた。

——ズドォン

と思ったらもうリロードが済んでいて、弾が飛んでくるところだった。俺はやけくそ気味に体をくねらせて避《よ》ける。

危ねぇえっ！　逃げるなと言っておろうが!!　貴様は曲芸師かっ!!」

「獣風情《ふぜい》！　待って待って！　待ってほしいのであります！　我々の目的は見つけて捕獲することであって、脳天に風穴を明けることではないのでありますっ！」

暴走する鬼と化した鈴木《すずき》を止めようと羽交《はが》い締《じ》めにするのはクマ討伐《とうばつ》隊隊長こと佐東《さとう》だ。

クマ討伐隊が二人もいるのか。お前ら一体何してるんだよ！　おかげでピンチにピンチが重なっちまったじゃねぇか！

鈴木が顔を赤鬼のように染めて、涙目で暴れる。

「うるさい！　こいつは私のぱ、ぱんつを覗《のぞ》いたのだ！　極刑に処す！　毛皮にしなくては気が済まんっ!!」

「そ、そこをどうにか！　お怒りを静めて欲しいのであります！」

佐東が鈴木を引き留《と》めてくれている。もしや、逃げるなら今がチャンスなんじゃないのか。鈴木や佐東がここにいる理由は分からないが、今は鈴木の相手をしている暇はないのだ。

俺《おれ》は二人に背を向けてまた走りだす。

――ドゴォン

走り出して間もなく、銃声が轟《とどろ》いた。それは俺の行く手にあった岩を砕き、尖《とが》った破片を浴びせてきた。そして、破片の一つが毛の生えていない鼻先をひっかく。

「いって！」

うっかり声を上げてしまった。

「そのクマ……今口を利いたぞ」

「今のはもしやクマ伝承の……っ！」

去り際、わずかに聞こえてきた鈴木と佐東の声。

まずい、俺が半獣であることがバレたかもしれない……！

いや、今はそんなことに構っていられない。とにかく逃げ延びることだけを考えろ！

俺は山道を駆け抜けた。すると間もなく、男の叫び声が聞こえてきた。

「おーい！　こっちだ！」

くそっ！　捕獲隊に見つかってしまった！

俺は即座に、人が入り込めそうもない斜面の道を駆け下り、狭い道をくぐって逃げた。

それから何時間逃げただろうか。

陽《ひ》は完全に沈もうとしており、空は紫色に染まり、所々に星々も見えた。

逃げ疲れた俺《おれ》は、巨木の大きな穴の中に身を潜《ひそ》めていた。ここがどこか分からない。捕獲隊に見つかっては逃げるということを繰り返す内に、とうとう日夏《ひなつ》山かどうかすら分からないところまで来てしまっていたのである。

今のところ捕獲隊の気配はないが、ここも見つかればすぐに離れなければならない。

それまではこの足を休めよう。腹の減りすぎで力が湧いてこない。

「ああ、天海《あまみ》の作ったサンドイッチが食べたいな……」

不器用な手で作った美味《おい》しくもないそれをひどく恋しく感じる。

天海に会いたい。クマ化して危ない時もあったが、それでも天海と一緒ならば楽しかった。

昼休みの屋上で、メロンパンにかぶりつく時の幸せそうな表情。

林間学校で友達を作ろうと、寝不足になりながらも頑張る姿。

そういえば、お礼だと言って、苦手な料理にも挑戦してくれたっけ。

天海と過ごす慌ただしくもハチミツのように甘い日常に戻りたい。

あの香りが、あの肌の温《ぬく》もりが、あの声が。天海のすべてが恋しくて堪《たま》らない。

思い出すと、涙が出てきそうになって空を見上げた。

ああ、そうか。俺は天海のことが好きだったんだな。

こんな時に気付くなんて、やっと気付くなんて、なんて皮肉なんだろう。もう人間に戻れるかも、無事に帰れるかも分からないっていうのに。

ガサリ。

やるせない気持ちに胸が支配されそうになった時、葉を踏む音が聞こえた。誰かが近づいているようである。

まだ遠くだったが、眩《まぶ》しい光が木の窪みに当てられた。懐中電灯の光だろう。見つかる、とそう思った俺は先手を打って駆けだした。しかし、

「――待ってください！　ベア君！」

少女の声に呼び止められた。ずっと聞きたかった。ずっと会いたかった。

「その声は天海か……！」

立ち止まり、光の方向を見る。そこに立っていたのは、紛《まぎ》れもなく天海だった。土まみれのトレッキングウェアを着て、安心して今にも泣きそうなほど喜んだ表情をしている。

ようやく会えた！　会いたかった!!　塞《せ》き止《と》めていた涙が目から零《こぼ》れそうになる。

「ベア君っ！」

俺の涙が零れ落ちるより先に、天海は俺のもとまで走り寄って抱き締めてきた。

突然の出来事についドキッとしてしまう。

「やっと見つけた……っ」

泣きそうな声。ずっと捜していたのだろうか。トレッキングウェア同様、スニーカーが土や枯れ葉にまみれ、ボロボロになっていた。

俺《おれ》のために、天海はこんなにも必死になってくれていたのか……。

「ようやく見つけましたベア君！　よかった、怪我《けが》はありませんか！」

「あ、ああ大丈夫だ」

天海は一度離れ、俺の鼻先を見て青ざめた。

「ベア君、鼻が……！」

「これくらいどうってことはない、大丈夫だ」

ただの擦《す》り傷《きず》だというのに、いつも冷静な天海らしくもない。傷が深くないことを自分の目で確かめると、天海はほっとしたように息を吐《は》いた。

「しかし、入山規制になってたはずだがどうやって……？」

「忍び入りました。楓《かえで》もです。あと、鈴木《すずき》さんに灰色のクマを捕まえてほしいとお願いしたら事情も聞かずに協力すると言ってくださり、一緒に捜してくれています」

そんなことになっていたのか。クマ討伐《とうばつ》隊の二人がいたのは、天海に協力を仰がれたからだったんだな。

「あ、天海《あまみ》っ⁉」

天海がうるうるとしつつも真剣な眼差《まなざ》しを俺に向け、少し強い語気で言う。

「さあ、ベア君。今すぐ帰りましょう」

「ダメだ、天海。今帰ったら騒ぎを大きくしてしまう」

俺はいわば指名手配犯だ。そんなのが人の住まう場所へ行けば、もっと大変な事態になってしまうことは目に見えていた。

「ですが……!!」

「ダメなんだ、天海。すまない」

天海は俯《うつむ》いた。表情が窺《うかが》えない。先日も帰ろうという誘いを断ったが、その時の反応とは違う。天海は顔を上げた。

天海は眉《まゆ》を吊《つ》り上《あ》げ、涙を浮かべて怒鳴る。

「ベア君のバカっ！」

「っ⁉」

あまり感情を表に出すことがなかった天海が、俺のために怒りという感情を露《あら》わにしたのだ。そのまま彼女は泣き出しそうな声で捲《まく》し立《た》てる。

「私がどれだけ心配したか分かりますか！　いつ人間に戻れるのか分からない、戻る前に人間としての理性を失ってしまうかもしれない、本当のクマになってしまうかもしれない、戻ったとしても、これまでのベア君ではなくなっているかもしれない！　もうずっと夜も眠れていないんですよ！　せめて私の近くにいてくださいよ！」

「お前、そこまで俺《おれ》のことを……」

俺は馬鹿だ。勝手に無理だとか、世間にバレるのが怖いとか言って家に戻ろうとせず、ずっと天海《あまみ》を苦しめてきた。

「すまなかった……。自分のことばかりで、俺、お前のことを全然……」

考えられていなかった。もっと俺は、天海のことを考えるべきだった。こいつのことが好きならば、そうするべきだったのだ。

天海は俺の胸元に顔を埋《うず》めて、泣き叫ぶ。

「今日だってずっと捜していたんですよ！　昨日クマ捕獲隊のニュースを見てからずっと心配で、電話しても出ませんし、朝一番で来ようと思ったら入山規制で入れず、ようやく入れてもいつもの洞窟に行ってもいなくて……！　もう、どれだけ心配したと思っているんですか！」

「ごめんな。本当にごめん。心配かけた」

「そうです！　本当に心配したんですから！　ベア君のことが心配で心配で――」

バッと天海が顔を起こした。泣きじゃくったその顔が焦りだす。

「――あっ、べっ、そんなっ！　前言撤回です！　心配なんてしていません！」

顔を一気に紅潮させ、照れ隠しを早口に吐《は》き出す。

「でもっ、そのっ。なんと言いますか。ベア君がいなくなるとクマよけスプレーを使う相手がいなくて寂しいと言いますかっ。……って、ちょっとベア君！　どうして笑っているのですか！」

いつの間にか、理由は分からないが、自然と笑みが漏れていた。変な話だが、また元の姿に戻って日常に帰れるのであれば、クマよけスプレーを浴びるのも厭《いと》わないと思える。

「天海、ありがとな。来てくれて、本当にありがとう」

天海は赤面したまま穏やかに微笑《ほほえ》み、大切な思い出を振り返るようにゆっくりと語る。

「ベア君には助けられっぱなしでした……。ベア君は、楓《かえで》との仲を取り持ってくれました。私の友達づくりに協力してくれました。ずっと私と一緒にいてくれました。ベア君にはいくらありがとうと言っても足りないかもです」

天海は鼻をすすり、寂しげな声で続ける。

「教室で席に着いた時、ベア君の姿が見えないと心に少し冷たい風が吹いたような気分になります。昼休み、隣にベア君がいないといつもの半分も食べられません。ベア君に会っていない時間は、なぜか胸が苦しくて堪《たま》らなくなってしまいます」

天海がそう思ってくれていたのは嬉《うれ》しかった。しかし、天海にそんな思いを味わわせてしまったことに、ひどく心が痛んだ。

「私は、ベア君がいないとダメみたいです」

天海《あまみ》はえへへと笑い、その細めた目から最後の一滴の涙が流れた。その言葉、その表情に俺《おれ》の胸は苦しくなり、高鳴った。そして、天海は何度か呼吸を挟み、静かに口を開く。

「ですから、一緒に帰ってください」

天海が自分の思いのすべてを語ってくれた。俺もすべてを話したい。気丈に振舞うのは、もうやめだ。

「俺だって、帰りたい」

感情のダムが決壊をするように、口を衝《つ》いて言葉が溢《あふ》れ出した。

「息をつく暇もなくドタバタした日常に戻りたい。お前のハチミツでクマ化する危ない日常に戻りたい。そんなんでも、俺、楽しかったんだ。お前と過ごす毎日が楽しくて、幸せだった。だから……俺は帰りたい」

天海たちに気にして欲しくなくて、ここまでずっと隠してきた思いをすべてぶつけてしまった。しかし、天海は穏やかな表情でただ頷《うなず》いてくれた。

「嬉《うれ》しいです。ようやくベア君が本当のことを言ってくれました。そんなふうに思ってくれていたのですね。嬉しいです。嬉しくて、また泣いちゃいそうです」

天海はにこりと笑って涙を拭《ぬぐ》った。

泣き顔で崩れていようが、その顔はこれまで見てきた中で最高の表情をしていた。ずっとこの顔を見ていたい。この笑顔を守りたい。

しかし、それには一つ大きな障害がある。

「ありがとう、天海。だが、この姿のままじゃ……」

「ベア君。いいですか、よく聞いてください」

帰ることはできない、そう言おうとした時、天海は何かを決心したような強い目をして、俺の言葉を遮《さえぎ》った。

「ベア君を人間に戻す方法が分かりました。鈴木《すずき》さんたちクマ討伐《とうばつ》隊が捕獲隊の邪魔をしてくれています。この隙にそれを行いたいと思います」

「は？　俺を人間に戻すだって？　誰がそんなこと言ってたんだ？」

「そんなこと今はどうでもいいです！」

「なっ⁉」

急に緊張しだした様子の天海が噛《か》み噛《か》みの口調で叫ぶ。

「べ、ベア君っ。今から十秒間目を瞑《つぶ》っていないと、もう二度と私のハチミツを舐《な》めさせませんっ！」

「はぁ⁉　ちょっと、待て！」

それはひどい！　あんまりだ！

理由はよく分からないが、俺は急いで目を瞑った。

「これでいいか！」

「あともう一つ条件があります」

「なんだ……？」

天海《あまみ》は僅《わず》かに汗をかいているようだ。ふわりと風に乗って天海のハチミツの香りが漂ってきた。そして、頬《ほお》をサクラ色に染め、目を合わさずに早口で言う。

「今後私のことは、天海ではなく桜《さくら》と呼ぶようにしてください」

「どうして！」

「楓《かえで》のことは楓と呼ぶじゃないですか！」

「それはそうだが、なぜそれを今言ってくるんだ！」

「今だから言っているんです！　早く！」

「わけが分からないが……わかった、桜」

下の名前で呼ぶと、どっとハチミツの香りが強まり、閉ざされた視界の先で桜が微笑《ほほえ》んだような気がした。

「久真《きゅうま》……私はあなたが…………」

次の瞬間――

「っ……!?」

――口の先を柔らかい感触が覆《おお》った。ふっくらしていて、それでもって温かい。

「ん……」

目の前で桜《さくら》の声がした。本当にすぐ近くだ。

息を止めているのか、桜の息はかからない。だが、落ち着く甘い香りが鼻を襲ってくる。抑えようと思っても体が震える。ドキドキが止まらない。唇《くちびる》を通して分かる。桜も震えている。

俺《おれ》は今、桜と繋《つな》がっている。ここ数日の寂しさ、今日の危機感、出会ってからの思い、そのすべてが通じ合えた気がした。

どれくらいの間キスをしていたか分からない。一分くらいしていたのかもしれないし、ほんの一瞬だったかもしれない。しかし、その時間は俺にとって愛《いと》おしく、大切な時間となった。

桜の唇が離れた時、もう俺は人間の姿に戻っていた。

エピローグ　帰ってきたクマ

日夏《ひなつ》山で桜によって人間に戻れた俺は、数分前までクマの体だったため、一糸纏《まと》わぬ姿をしていた。だから桜に悲鳴を上げられ、そこに楓《かえで》やクマ討伐《とうばつ》隊が駆けつけて大騒ぎになったんだが、桜がどうにか誤魔化《ごまか》してくれて一件は落着した。

それから休みを挟み、今日が初めての登校となる。

俺が朝教室に入っていくと、まず真っ先に河野《こうの》が走り寄ってきた。

「おー！　久しぶりだな、阿部《あべ》！」

河野が興奮した様子で話す。

「そういえば聞いたかよ！　お前がいない間に、クマ討伐隊が、動物園から逃げ出した例のクマを捕獲したって有名になってるんだってなぁ！　さすが鈴木《すずき》さんだぜ！」

「そういうことらしいな」

日夏山で俺が捕獲隊に追われた日。鈴木は桜に頼まれて灰色のクマを捕まえようとしていた。俺が捕まることはなかったが、その代わり、偶然動物園から逃げ出していたクマを捕獲していたらしい。

その後も俺は、河野と他愛《たあい》もない会話を繰り広げた。

騒がしい教室。一時間目に向けて準備をする者がいれば、友人とのお喋《しゃべ》りに興じる者もいて、そのように様々なことをする生徒が共存するこの環境がとても懐かしく感じられる。

「阿部《あべ》君」

凜《りん》とした声が俺《おれ》の名を呼んだ。振り返ると、噂《うわさ》をすればなんとやら、ポニーテールを揺らして歩み寄ってくる女子生徒がいた。

「ど、どうした鈴木《すずき》？」

それは鈴木だった。マタギグッズは職員室に預けてきたのか身に着けていないが、お手本というべき制服の着こなしをし、凜とした姿勢でそこに立っていた。両手で紙の束を抱え、そこに胸が乗っかっていたため、つい目がいってしまう。

鈴木はあの日、俺が人間に戻った後に駆けつけたため、俺がクマ人間だとは気づいていない。偶然山の中で遭難してしまったクラスメイト、と思ってくれているらしい。

鈴木は切れ長の目で俺を見て、微《かす》かに笑みを見せた。

「まずは長らくの欠席からおかえり。阿部君が休んでいる間に出ていた課題を預かってるぞ」

そう言って、彼女はバベルの塔のように高く積もった紙の束をズドンと机に置いた。

「なんだこれ……？　資源ごみの回収場所はここじゃないぞ？」

「課題だ」

鈴木がクールな笑みを見せた。

「阿部君、きみは運がいい。きみが休んでいた期間はちょうど自習ばかりで、こうした課題が多く出されていたのだ。おかげで授業についていけなくならずに済みそうだぞ」

「そ、そっか……俺って運がいいなぁ………」

確かに運はよかったかもしれないが、何も嬉《うれ》しくない。この量の課題を終えるには骨が折れるなんてものではなさそうだ。

「ところで阿部君、その鼻の傷はどうしたのかね？」

ちょんちょん、と自分の鼻をつついて見せる鈴木。俺の鼻にある掠《かす》り傷《きず》のかさぶた。それは、日夏《ひなつ》山で鈴木が放った銃弾が原因でできたものだ。

「いやっ、これはその何でもない」

「そうか、何でもないのならいい。お大事に」

誤魔化《ごまか》しきれたか、という不安は杞憂《きゆう》だったようで、鈴木はさほど気にした様子もなくそのままその場を後にした。

「クマさぁーん！」

鈴木とちょうど入れ替えになるようにして、太陽のような明るい笑みの少女——天海《あまみ》楓《かえで》が駆け寄ってきた。

「はい、クマさん！　プレゼント！」

駆け寄るなり小さなラッピング袋を差し出してきた。その中にはこんがり焼けたクッキーが入っている。手作りのクッキーのようだ。

「おうありがとう……って、これ絶対蜜入りだろっ！」

こいつが普通のプレゼントをするはずがない。

楓《かえで》は悪戯《いたずら》っぽい笑みを浮かべた。

「えへへ、ばれちゃった。でもちゃんと開ける前にそれを言おうと思ったのよ」

「まったく、危ないな」

プレゼントはありがたく受け取っておく。家で食べれば問題がないからな。

「阿部《あべ》が……二大美少女の天海《あまみ》楓さんからプレゼントをもらってる……」

隣では衝撃を受けて固まっている河野《こうの》の姿があった。

「ご、誤解するなよ、河野。これは……」

「あれクマさん！　あたしがプレゼントした首輪着けてくれてないじゃない！」

最悪のタイミングで放たれた最悪の一言に教室が静まり返った。

「首輪……阿部、楓さんとそんなプレイまで……！」

「んなわけあるかっ！　楓、変なこと言うな！」

そこへ割り込む影が一つ。

「ベア君、私があげた首輪もどうしたのですか？」

それは登校してきたばかりの桜《さくら》だった。

「天海桜さんともそんなプレイを⁉　阿部！　お前ってやつは！」

「待て待て待て違う違う違う！　余計なこと言うんじゃない天海っ！」

「私のことは桜と呼んでくださいと言いました」

くるりと河野が俺《おれ》に顔を向ける。その目は今にも血の涙を流しそうだ。

「下の名前の呼び捨てを頼まれてただとぉー！　阿部この野郎羨《うらや》ましすぎるぜぇ！」

「だから違うんだって！」

今度河野には、じっくりと誤解を解く時間が必要だろう。学校生活に戻って早々忙しくなりそうだ。

◇◇◇

「はぁ……登校再開初日から疲れた……」

昼休みはいつも通り屋上へ。青空に浮かぶ灰色の床。そこのベンチに座り、グラウンドを見下ろしながら弁当箱をつつく。俺の言葉を聞いても、桜はフェンスの向こうから目を離すことなく、もぐもぐと咀嚼《そしゃく》しながら適当に返した。

「それはご苦労様です」

「言っておくが、お前たちのせいだからな……」

いや、何を言っても無駄だろう。無駄なことはやめて、俺《おれ》も昼食に専念することにした。

食べ終わって空を見上げていたところで、ずっと桜《さくら》に訊《き》こうと思っていたことを思い出した。デザート（？）のメロンパンにかぶりつく桜の方を向く。

「そういえば、桜。クマから人間に戻してくれた時のことだが」

「――っ⁉ ごほっごほっ……」

「おい大丈夫か！」

桜がむせ返った。水筒のお茶で流し込み、咳《せ》き込《こ》みつつも俺に続きを促す。

「すみません、大丈夫です。つ、続きをどうぞ」

本当に大丈夫か些《いささ》か心配だったが、俺は質問する。

「あ、あの方法は誰から聞いたんだっ？」

俺の声はつい震えてしまった。桜も同じように震えている。

「あ、あれはですね。クマ討伐《とうばつ》隊の隊長さんから聞いたのです。……キスで治る、と」

「佐東《さとう》からか……。その、なんというか、よくやろうと思ったよな……？」

「い、嫌でしたけど仕方なかったからやったのです！　ベア君が頑固だったから」

「そ、そうか、……そうだよな。すまなかった……」

てっきり桜も俺のことを好きだと思ってしまっていたが、勘違いだったのかもしれない。

ちょっとどころではなくショックだった……。

　だとすると、女の子にとってキスはとても重要なものであると思う。それを俺なんかに捧《ささ》げてくれたのだ。桜からは本当に、返しきれない恩を受けてしまったような気がする。

「だが……助かった。ありがとう」

「もっ、もういいですから！　その話は二度としないでください！　これかけますよっ！」

　顔を真っ赤にして、さっと取り出す黒いスプレー缶。もはや桜の愛用品ともなったクマよけスプレーだ。

「わあ待ってくれっ！　分かった！　もう二度と話さない！」

「わ、分かればよろしいのですっ」

　桜はぷいっと顔を背け、スプレーを仕舞《しま》ってくれた。

　俺にとっては忘れられない大切な出来事となったが、それは胸の底へそっと仕舞っておかなければいけないようだな。桜とはこれからも永く良い関係を築いていきたい。

　それにしても桜は何やら非常に動揺した様子である。

「と、ところで桜、すごい汗だぞ？」

「そ、そうですねっ」

　額や首にきらきらとハチミツが光っている。風向きのせいか、ハチミツの香りも濃く鼻を刺激してきた。

今すぐにでも飛びついて舐《な》め回《まわ》したい……！

もう二週間くらい桜《さくら》のハチミツを舐めていなかったのだ。俺《おれ》のハチミツに対する欲求は止められないものとなっていた。早くも俺は、頭に獣の耳が生えるのを感じた。

「よっ、よろしければ舐めてくれませんか？　今日はウェットティッシュを忘れてしまいました」

桜は若干上目遣いで、顔を真っ赤にし、不安そうな面持ちでそう言った。

ま、まさか桜から言ってくれるとはな。ひょっとして、少しでも心を許してくれたということなのか……？

「だっ、誰かに見つかってしまうかもしれません。早くしてくださいっ」

「わかった。わかったよ、桜」

真っ赤な顔の桜に近寄り、ブラウスの第一、第二ボタンまで開けて肌を出す。

全く日焼けをしていない鎖骨《さこつ》の肌に見える輝き。そこに舌を這《は》わせる。

「んぅ……っ」

ねっとりとした蜜が口の中で溶け、濃厚な甘さが口の中に広がった。

柔らかなその甘さは、あの時のキスの味に似ているかもしれない。

そうだ、俺たちはキスをした。だが、これまでと変わらない日常を過ごしていくのかもしれないな。互いに協力し合いながら過ごすただの日常を。

「……ふぇ」

桜が気持ちよさそうな声を上げた。

見ると、桜は頬《ほお》を上気させ、ぎゅっと目を瞑《つぶ》り、舐められるのを耐えていた。

「……ベア君？」

俺が舐めるのを止めたから疑問に思ったのか、桜が物欲しそうな目で見てきた。

その表情に、思わず俺の胸がドキッとした。けれど、そのことを悟られたくない。そう思った俺は、誤魔化《ごまか》すように桜の首筋に舌を置いた。

「ふ、んっ、あん……っ！」

いや、ちょっとは変わったのかもしれない。そんなことを思いながら一気に舐め回した。

クマ化が解け、昼休みを屋上で過ごした俺たちは、一緒に教室へ戻る。

「ベア君」

屋上から下る階段の途中、桜が俺を呼び止めた。俺は桜より下の段で止まり、彼女を見上げる構図となった。

桜は、嬉《うれ》しくもちょっと照れくさそうな顔になった。

「これからも、よろしくお願いしますね」

「もちろんだ」

そうだ、俺たちの高校生活は始まったばかり。これから桜との楽しい毎日が待っている。

「文化祭に体育祭、修学旅行。俺《おれ》たちの秘密がバレてしまいそうだけど、楽しみなイベントがたくさんあるからな」

桜《さくら》は「そうですね」とにっこり笑い、何気なく窓の外の強い日差しに目を向けた。

「ですが、まずは夏が来ますね」

「ああ、そうだな。夏が……」

ん……夏？

夏になれば、もっと暑くなるよな。そうなれば、たくさん汗をかくことになる……。

「俺たちは無事に夏を乗り越えることができるのか……？」

ああ、だめだ。先が思いやられる。夏になるというのに、冬眠して逃げたい気分になってきた。

それでも、まあ。なんとかなるだろう。どんな苦難だって乗り越えられる。

このハチミツの汗をかく少女と一緒ならば。

あとがき

はじめまして、烏川《からすがわ》さいかです。

さっそくで申し訳ございませんが、私事な話題から失礼させていただきます。

この一年間は、自分がどんな人間であるかについて考えることが多かったです。

今年私は就職活動生でした。就職活動といえば、エントリーシートやら面接シートやら、書くものが様々ございまして、そのほとんどにおいて、自分がどんな人間であるかを理解しておかなければなりませんでした。

そこで私はまず、友人や家族に、何気ない会話の中で自分の性格について訊《き》いてみました。その結果、皆共通して出てきたのが「真面目《まじめ》」という言葉。むしろ「真面目」以外に出てきませんでした。もはや褒められている気がしません。ともあれ私は、自分が真面目だということを自覚しました。

また、今回この作品を書くにあたり、デビュー作ということで書きやすいように、自分の性格や意識を投影して主人公を作り上げました。さあ、これでどうだ、と自信満々に編集様にご覧になっていただいた結果、「主人公がクズですね（笑）」というお言葉をいただき、くずクマさんというタイトルが決まりました。……本当はもっと違う理由です。

というわけで改めて自己紹介を。はじめまして、真面目《まじめ》系クズこと、烏川《からすがわ》さいかです。

この度は、第12回MF文庫Jライトノベル新人賞にて優秀賞という栄誉ある賞を授かり、誠にありがとうございます。新人賞審査員の先生方、MF文庫J編集部の皆様には感謝してもしきれません。

担当編集様、ご丁寧なご意見やご助言を誠にありがとうございます。しかし、改稿に際しまして多大なるご迷惑をお掛けしてしまいました。これからもお掛けします。どうか今後も、修羅場にお付き合いしていただければと思います。……すみません、以後気を付けます。

イラストのシロガネヒナ様、私の分かりづらいキャラのイメージを可愛《かわい》いイラストに起こしていただきありがとうございます。執筆が行き詰まった時は、シロガネ様のイラストを見ては「ぬふふ……」とにやついて意欲を高めております。今後も自分の妄想がシロガネ様の手でイラストになるのを楽しみにしております。

校正様、様々なご指摘をいただきありがとうございます。今後も勉強をしていきます。

親友にして最大の制作仲間である木端微塵子くん、本作応募当時に色々相談に乗ってくれてありがとう。君とラーメン屋で話した時間があったからこそ刊行できたと言っても過言ではありません。この恩は、今度ラーメンを奢《おご》るのでそれでチャラにしてください。

その他、家族、友人、ネットの皆々様、感謝の言葉を挙げればきりがありません。

そして最後になりましたが、この本を手に取ってくださった皆様、ありがとうございます。女の子の汗はきっと甘い！　だから舐《な》めたい！　という想《おも》いが少しでも伝われば本望です。

ただいま感謝を申し上げました皆様に少しでも御恩をお返しできるよう、今後もさらなる精進をし、面白い作品を作って参りたいと思います。

今後ともどうか、鳥川さいかをよろしくお願い致します。

「ファンレター、作品のご感想を
お待ちしています」

あて先

〒102-0071　東京都千代田区富士見2-13-12
株式会社KADOKAWA　MF文庫J編集部気付
「鳥川さいか先生」係　「シロガネヒナ先生」係

http://mfe.jp/jsg/

上記二次元コードまたはURLより本書に関するアンケートにご協力ください。
（本書の待受画像がダウンロードできます）

★一部対応していない端末もございます。
★お答えいただいた方全員に、この書籍で使用している画像の無料待受をプレゼント！
★サイトにアクセスする際や、登録・メール送信時にかかる通信費はお客様のご負担となります。
★中学生以下の方は、保護者の方の了承を得てから回答してください。

MF文庫J

くずクマさんとハチミツJK

発行	2016年12月25日　初版第一刷発行
著者	鳥川さいか
発行者	三坂泰二
発行所	株式会社 KADOKAWA 〒102-8177 東京都千代田区富士見 2-13-3 0570-002-001（カスタマーサポート） 年末年始を除く 平日10:00〜18:00 まで
印刷・製本	株式会社廣済堂

Printed in Japan　ISBN 978-4-04-068768-1 C0193
http://www.kadokawa.co.jp/

この作品は、第12回MF文庫Jライトノベル新人賞〈優秀賞〉受賞作品「半分クマの俺は、ハチミツの汗を掻く少女を見つけました。」を改稿・改題したものです。

第12回MF文庫Jライトノベル新人賞
佳作受賞作
天使と鴉のプレセピオ
—人狼×討伐のメソッドⅠ—
著者:斜守モル／イラスト:マナカッコワライ
カナガワⅢ区の新人討伐官・連野壮真は、人に化け、喰らう人狼を討伐するため自称天使の同僚討伐官・篠崎樫乃と任務に励んでいる。新人賞受賞、鮮烈の小説デビュー作。これは——決して暴いてはならない真実の物語。
好評発売中!!

〈第13回〉MF文庫Jライトノベル新人賞

MF文庫Jライトノベル新人賞は、10代の読者が心から楽しめる、オリジナリティ溢れるフレッシュなエンターテインメント作品を募集しています！ ファンタジー、SF、ミステリー、恋愛、歴史、ホラーほかジャンルを問いません。
年に4回締切があるから、時期を気にせず投稿できて、すぐに結果がわかる！ しかもWEBでもお手軽に投稿できて、さらには全員に評価シートもお送りしています！

通期

大賞
【正賞の楯と副賞 300万円】
最優秀賞
【正賞の楯と副賞 100万円】
優秀賞【正賞の楯と副賞 50万円】
佳作【正賞の楯と副賞 10万円】

各期ごと

チャレンジ賞
【活動支援費として合計6万円】

※チャレンジ賞は、投稿者支援の賞です

選考スケジュール

■第一期予備審査
【締切】2016年6月30日
【発表】2016年10月25日

■第二期予備審査
【締切】2016年9月30日
【発表】2017年1月25日

■第三期予備審査
【締切】2016年12月31日
【発表】2017年4月25日

■第四期予備審査
【締切】2017年3月31日
【発表】2017年7月25日

■最終審査結果
【発表】2017年8月25日

MF文庫J
ライトノベル新人賞の
ココがすごい！

年4回の締切！
だからいつでも送れて、
すぐに結果がわかる！

応募者全員に
評価シート送付！
評価シートを
執筆に活かせる！

投稿がカンタンな
WEB応募開始！
郵送応募かWEB応募
好きな方を選べる！

三次選考通過者以上は、
担当がついて
編集部へご招待！

新人賞投稿者を
応援する
『チャレンジ賞』
がある！

詳しくは、
MF文庫Jライトノベル新人賞
公式ページをご覧ください！
http://bc.mediafactory.jp/bunkoj/award/